悄吟文丛（第二辑）

古耜 主编

日暮苍山远

许冬林 著

中国言实出版社

图书在版编目（CIP）数据

日暮苍山远 / 许冬林著 . -- 北京：中国言实出版
社，2020.12
（悄吟文丛 / 古耜主编）
ISBN 978-7-5171-3626-2

Ⅰ . ①日… Ⅱ . ①许… Ⅲ . ①散文集－中国－当代
Ⅳ . ① I267

中国版本图书馆 CIP 数据核字（2020）第 251717 号

出 版 人　王昕朋
责任编辑　赵　歌
责任校对　冯素丽

出版发行　**中国言实出版社**
地　　址：北京市朝阳区北苑路 180 号加利大厦 5 号楼 105 室
邮　　编：100101
编辑部：北京市海淀区花园路 6 号院 B 座 6 层
邮　　编：100088
电　　话：64924853（总编室）　64924716（发行部）
网　　址：www.zgyscbs.cn
E-mail：zgyscbs@263.net
经　　销　新华书店
印　　刷　北京中科印刷有限公司
版　　次　2021 年 1 月第 1 版　　2021 年 1 月第 1 次印刷
规　　格　787 毫米 ×1092 毫米　1/32　10.25 印张
字　　数　200 千字
定　　价　59.00 元　　ISBN 978-7-5171-3626-2

自序

　　几年前，我住长江边。觉得世界离我很远，没我什么事，于是埋首安心读唐诗。

　　江边小镇，生活安谧，几步之外，便是小河、石桥、田野、村落……那时，我像是渴望远方，又似乎立定心意安居于那里。

　　彼时彼地，许多唐诗里的句子，完全契应着我的内心——人世间许多欢欣和惆怅是不分年代的。于是开始写，写了一组由唐诗生发出来的小文。写的时候是不急的，觉得自己此生与小镇终老，有漫长的光阴可容我慢慢读诗，慢慢沉吟，慢慢从诗句的罅隙间浸出我要发出的声音。

　　读诗时，我也顺带着读些戏曲，读些绘画……现在想来，那真是我生命中一段葱茏又饶有古意的时光。

　　日日与古人相见，又日日返回自己的小镇小红尘，这样的书页里外的穿越，一日便有千百年的久远，一生便有了千万世的纷纭。

　　然后，工作调动，到了皖中，一切从陌生开始。

　　未读完的唐诗，书页折角。还有热爱的戏曲，也暂时冷落一边……两地生活，匆忙难免，时常觉得风尘在肩。而那些因唐诗而起，因戏曲而起的文字，便成了断章。

今年十月，在火车上，意外接到古耜老师的电话，跟我约一本散文集书稿，我的感动与惊喜一起涌上心头。想起十几年前，我刚写散文不久，有一日，我也是万分意外地接到他的电话。他那时在编《海燕·都市美文》，他在翻看杂志公共邮箱里的自然来稿时，偶然发现了我的稿子。

在浩繁的自然来稿中，一位用心的编辑，发现了一个无名的作者。这于作者，真是莫大的幸运。

世界很大，远方很远，时隔多年，还能有这样一位编者记得作者，这世界于我，便是有了清远深美的关联。

我看着火车窗外的田畴、河流、丘陵、远天……想到了自己的远方和故乡。

我想，我会原路返回。

回到清寂幽远的阅读时光里，回到唐诗岁月里。唯有阅读，才是我的远方，也是我的故乡。

且将这一本《日暮苍山远》当作子规的那一声春啼吧，唤我，也催我。窗外，金秋世界，农人在躬身收割稻禾。

是为小序。

许冬林

庚子晚秋于长江边一小镇

目录

第三辑　人散后，剩下戏

第四辑　爱，就是慈悲

第五辑　读佛书，对美人

第六辑　人间春秋

第九辑　衣食所安

第一辑

日暮苍山远

日暮苍山远

读唐诗，读到"日暮苍山远"。彼时天色欲暝，心底忽生清冽冷泉。

日暮苍山远，天寒白屋贫。柴门闻犬吠，风雪夜归人。

是日暮苍山远啊！在日暮时分，在连绵的苍山对面，谁人，忽生了苍寒的远意？

我也是。在岁月的路上，在中年，抬头已见红日渐沉，而苍山如海，还在遥远的前方。那样的高度，今夕已不能抵达。

在未至中年的那些锦瑟年华里，我曾读过那么多有关"日暮"的诗句："日暮乡关何处是，烟波江上使人愁"；"移舟泊烟渚，日暮客愁新"；"山中相送罢，日暮掩柴扉"……那时虽觉诗句间有凉风，但到底未解其中的清哀。只有到了中年，到了晚风萧萧吹拂华发偷生的中年，才蓦然惊觉自己已踏上"日暮"归去的迢迢小道。才知道，我行走的这一条长路，太阳也会一点一点，一点一点地落下去。暮色苍茫，山川静穆不语，我不得不面对低头寻找投宿处的命运。

记得，头上的第一根白发被发现时，我的仓皇与震惊。面对那第一根叛变的头发，我是几乎含泪颤抖地跟家人说："帮我扯掉它！"

"白发总会生的！"他在镜子边安慰。

"不可能！不可能！"我还没做好生白发的准备。潜意识里，我以为白发永远只会长在别人的头顶。

还想学门外语漂洋过海呢，还想卷土重来认真地谈场恋爱呢，还想……可是，华发初生。是啊，抬望眼，还有那么多的春天没有晤面，还有那么多的山川没有跋涉，还有那么多的远方没有抵达，可是，走着走着，日暮了。真的日暮了。苍山隐隐，笼罩在暮霭里，那么远，那么像梦。不甘心。不甘心，也是日暮了。

是日暮苍山远啊。一路穿村过店，睥睨红尘，可是一颗心终于在日暮前，放低了海拔高度。总要收了脚，收了心，总要借一座宅院来投宿，来安排这黑暗下来寂静下来的时光。总要归于庸常，低眉在烟火俗世里，因为要老了，要老了啊。

再远的旅程，都要在时间面前，在宿命面前，慢慢掐短，直至掐断。

"天寒白屋贫"，曾经那么慷慨昂然的步伐，终于要停在一座贫寒茅屋前，小格局地，清寒不尽地，收拢一颗奔走远方的心。此刻，才知道，韶华的华冠一去，我不是君王，不是江山无疆。我是个旅人，日暮不得不投宿的旅人。躬身叩门：借问可宿否？在此天寒之际，在千山遥遥的尘世，只此一间低矮的白茅覆顶的小屋。

我以为，人生就这样了：你有壮心，可是已经日暮苍山远；你要面对现实，认领的是这天寒白屋贫的命运。人生的低回婉转都在这日暮之后的时光里，在这局促寒冷的乡野柴扉之后，在漫长的清寂无伴的空旷里。

可是，我怎么会知道，夜深之时，柴门外犬吠声起？簌簌，簌簌，吱吱，吱吱。谁人的脚步，从风雪深处一点点贴近，停在这扇柴扉面前？

是风雪夜归人。

他推门，进屋，一身清冽之气。他解下覆雪的斗笠和蓑衣，抖了抖碎雪，将它们挂于墙壁。他生火，煮酒，邀我同饮。我不知道，他是这芙蓉山的主人，还是和我一样，也是一个投宿白屋的旅人。

我们喝酒，说风雪之大，说苍山之远，说山中空旷人烟稀，说日暮途穷的不甘心。说着，说着，我们都像是这山中的主人，又都像是这冰雪天地之间的来客。

在日暮之后的冷冽阒寂时光里，还会得遇一人，与己共饮这夜半时的浊酒，这风雪载途时的无边孤独。

在红尘之间，在我们并不辽阔的生命里，原来还有这样一个风雪夜归人。他是我最亲最近的人，他先于我偷生华发，懂得我面对垂暮渐近时的惶恐不安。他是春水渡船上的过客，与我偶然相逢，只此一遇，便如佛前那一拈花微笑。他是我流连书页之间时，仰望的那些伟大而孤苦的灵魂……我和他们，都活得空旷遥远，都壮志有未酬。

　　我泫然欲泣的感动是，在日暮之后，未抵苍山，却得遇归人。

浮云游子意

二十年前，还是中学生时，在书本上读到李白的诗：浮云游子意，落日故人情。那时不谙离别情，只是羡慕那游子。浮云悠悠，红日欲堕，游子在远方，放眼望，长路漫漫浩浩，无边无际……人生充满无数可能。

如今，以为自己成年了，懂得游子的索居之苦，能死心塌地扎根这循规蹈矩的日常烟火了，其实不然。《古诗十九首》里有"浮云蔽白日，游子不顾反"，我读时，依旧羡慕之心不死，想要做那游子，即使独自一人，即使古道西风瘦马，即使夕阳西下。

我所想要的，大约就是，远方。抵达远方，让生命呈现一种磅礴开阔的气象。即使在抵达的过程中，会有疼痛，会有别离苦。

还记得，童年时，睡在外婆家。外婆家在长江环绕的小沙洲上。冬夜漫长，半夜醒来，会听见江上轮船的汽笛声悠悠荡荡传来，在清寒夜气里盘旋缭绕，像招魂的古乐。我睡在这夜半的汽笛声里，觉得空气清冽颤抖，觉得自己仿佛睡在奔涌不定的水上，要到了那风烟弥漫的远方。远方，大江两岸，冰雪消融，芦苇出土翠色茫茫，我的心里装着一万颗豆子，一万颗豆子都在爆芽，出壳，跃跃欲试探看这大千世界。

还记得，夏天暑热，晚上洗过澡穿上橘色连衣裙，牵着姨娘的手去江边吹风看大轮船。行驶江上的大客轮，上面灯火层层叠叠，辉煌如隔世，徒增我的向往。我想，长大后，我一定是一个去往远方的人，轮船，火车，飞机，时光绵延，又动荡又新奇。

我害怕没有远方的人生。

在早年寂寞的乡居岁月里，我看见太多人过着没有远方的生活，他们不做浮云游子，他们一辈子安于乡土，固守田园，淹没在千年不变的烟火悲欢里。做女人的，成年而嫁，生儿育女，洗衣喂鸡鸭，忙忙碌碌中，一生像是种植收获的一季庄稼。那时，我想，我怎么办？我要逃到哪里才可以躲掉这样逼仄幽暗的命运？

曾经，我以为我躲过去了。二十年的时间倏忽过去，我成了一个四十岁的妇人，午夜梦醒，早年的江上汽笛声隐约在耳畔，我才惊讶看见自己，依旧在复制我当年的乡邻们的命运。我嫁人生子，朝九晚五地谋食，像蜗牛背负重壳行走在人世间。浮云白日呢？天涯苍茫呢？

也偶尔会出门旅游。第一次去三峡，站在游船的甲板上，御风而行，长发和丝巾远远飘在身后，我忽然觉得自己像是一个游子了。在长天和江水之间，在浮云和大地之间，是青山巍峨，林木苍苍，还有一个远行的我。血液一阵汹涌，我仿佛看见了自己的辽阔和苍茫。

可是游船一靠岸，随着蜂群一样的游客们下船、登岸，跟着导游的小三角旗迤逦入深山，我不由羞赧起来——闹闹嚷嚷，挤挤挨挨，小商小贩兜售旅游纪念品，导游热情推销当地土特产。一低头，才发现自己，像是一个赝品，依旧陷身在物欲汹涌的俗世里。我未能成为我所期望的浮云游子；而我的远方，应该是山川静穆，饶有深意。

读日本作家德富芦花的散文时，心里像有清凉的泉水流过，流向远方，空明，悠远，散漫，以及若隐若现的忧伤。在深夜，循着那些长长短短的句子，我只身来到东太平洋上的一个岛国——异乡的落日绚烂融化于海水，紫色的云朵在雨后的天空里漫然舒卷，黄梅天的乡下庭院里蔚然生长着植物。还有泥巴路，木屐，村狗……

最后发现，是阅读让我体面地做着浮云游子，抵达星辰大海。

或恐是同乡

雨后初醒，怅怅无言。想起睡前读的崔颢的诗《长干曲》。很有六朝民歌之风的那首《长干曲》，我喜欢了许多年：

> 君家何处住？
> 妾住在横塘。
> 停船暂借问，
> 或恐是同乡。

应是两个旅人，在茫茫的水上，在各自的船上，忽然睹面相逢，心生欢悦，只觉得亲切。因为欢悦，因为亲切，便无由地觉得，他是自己的同乡。

也许，在漫长的孤旅之中，最想遇到的人，其实还是一个，同乡。

遇到了，一见倾心，止不住上前搭讪：你家住哪里呢？我家住在横塘。我看你，眼里熟悉，心里亲切，因此在这薄雾轻扬的水上，忍不住停船相问，想你或许是我那共饮一江水的同乡。

同乡，是有着相同的从前时光，莲花开十里，菱船摇荡；有着同样的吴侬软语，月夜笛声悠扬。同乡，也是今夕同样的江海漂泊，同样的风尘零落……

黄梅戏《卖油郎独占花魁》，唱的是卖油郎秦重与风尘女辛瑶琴的爱情故事，可是，我从戏里听到的却是他乡遇故知的感动。两个人，同为汴梁人，为避战乱离故乡，逃难中都失散了亲人，然后流落杭州。雪塘边再次重逢后，辛小姐向卖油郎诉说自己的辗转遭遇，卖油郎安慰她：劝小姐莫悲伤，暂且忍受心宽放，待等打退金寇贼，我们一道回故乡。

我每听到这个唱段，就觉得内心开阔敞亮，也分外感动。感动是因为两个人是同乡，是同样的命运，同样命运里的相互珍重与懂得。想想，在尘世间，能有这么一个同乡，与自己相映照，相呼应，足可以不恨相逢萍水，不恨相见已迟迟。

而我们，在长路迢迢中，经历友谊，经历爱情，到后来才发现，上下求索，其实想要的，无非也是一个同乡——精神上的同乡。

能够成为精神同乡的两个人，一定有着相同或相似的生命底子。像蓝底印花布，那白色的花朵不论是缠枝莲还是篱边菊，都生长在一片幽深的靛蓝底子上。

这样的同乡，有着同样的精神方言。

日暮苍山远 / 许冬林

　　犹记当年，心思昏沉地迷恋一个人，如今回头看，他仪表平平，家世平平。原来当年的心动，只是因为他和自己一样，喜欢宋词，喜欢童安格的歌，喜欢在落叶纷飞的秋风中徐行，喜欢在落日渡头惆怅地回家……那时，他是我的知音。

　　后来，借着文学活动的机缘，喧哗而骚动地认识了一帮子男女老少。一起春日坐船去看山访岛，去古旧的师范学校里看樱花，去老街深巷里拍合影照……那时，他们是我的同道。

　　可是，慢慢，慢慢，相向而行的我们，渐渐擦肩，渐渐疏离。

　　时间和阅历在替我们大浪淘沙。有些人即使暂时走近，也难成为精神上的同乡。

　　"橘生淮南则为橘，生于淮北则为枳。叶徒相似，其实味不同。"叶子相似也没有用，也只是貌合神离。枳，只能和枳，成为同乡。因为，他们都生于淮北，同样的水土和风日。他们的成长历程，同样的式微。他们怀抱的，是同样的一颗清凉多汁而苦涩的心。

　　我要的同乡，也是和我一样，是落花一样的人。我们，好像是同一个方向的风刮来的落花，有着近乎同样的灵魂气息，芬芳，孤独，内敛，深具静气。我们彼此能够无碍地直达对方的精神高地，能够破译对方藏匿于内心深处的那些神秘字符。

　　但同时，我们又像柳树与河水里的倒影一样，很近很近，又保持着若有若无的距离。是一年不见一年不想，十年不见十年不忘。

　　这样的同乡，精神上的同乡，像中国画，追求的是神韵上的某种相似。

　　我相信，人世间还有一种情感，超越世俗男女的小格局，成为一种精神上的同乡。这样的同乡情，宽阔深厚，忠诚庄严，在遥问与抚慰中，打捞我们正一寸寸沉陷于岁月幽暗的暮心。

清川澹如此

溪是闲的。

瘦瘦薄薄的一带清溪，被上天遗忘似的，蜿蜒落在山谷。大的小的鹅卵石镶在清溪两侧，补丁一般，标记着溪水在汛期时的宽度。

此刻的溪，闲着了。不用春水暴涨，日夜淙淙；不用载一树的落花，或者一坡的秋叶，去赶一段繁忙的水路。景致收了，游人也不来了，岸边歇了船与筏。

溪，只是溪。只是它本身，不为任何溪之外的事物而负累。溪水脚步迟缓，比风慢，比日光慢。在缓慢中，水与水流连，与卵石，与水底的寥寥几片腐叶和树根流连。

水浅，游鱼历历可见。游鱼也是瘦的，瘦得更见身体敏捷，浅褐色的鱼影在水里倏忽一跃，忽隐忽现，仿佛是光的明灭。

我们是喧闹的。我们身上还披覆着城市的热烈和恣肆，我们的步履里灌满尘世的匆促和焦虑。可是，当我们赤脚踏过鹅卵石，在溪水边坐下，心就清凉岑寂了。微风从溪水之上而来，拂过卵石，拂过我们的面庞鬓发，心里仿佛有一带清川在静静地流淌，在静静地反射着日光。

我的身体内外，被一带清川浣洗，被山光照耀，变得洁净，通透，轻盈。我是瘦的了。

这是皖南秋初的深山，秋初的山间小溪，春花灿烂的时节早已远去，而秋叶还未曾霜染繁华。在春和秋之间，在两个隆重的季节之间，有一段清寂的山中光阴：草木一派朴素的老绿，溪水无声，林木深处的鸟也不喧嚷，仿佛一切都选择沉默。

溪边有人家。白墙黑瓦的两层小楼，典型的皖南民居。楼下两株高大的板栗树，抬头望，阳光穿过树叶，光芒软成带绿汁的光了。板栗还未老，一身绿刺，我们举竹竿帮主人打板栗，用剪刀剥出嫩白的籽实，入口清甜。

板栗树下有柴垛，手腕粗细的柴火，垒得方方正正。柴垛憨厚如老者。此刻山民家的灶膛里正烧着这样的柴火，炊烟升起，在树荫里弥散，弥散成浅白色的裙子，软软罩着民居，罩着溪水两侧的山路和草木，空气里充满烧柴的焦香味。放养的几只母鸡在板栗树下啄食被主人拣剩弃掉的菜屑，它们啄啄停停，也不争，想来那是它们的游戏。公鸡站在柴垛上，目光仿佛高过山顶的庙宇，高高翘起的尾羽上，闪烁着树叶缝里漏下来的阳光。

猫有静气，像"幽人独来去"的幽人。它悠闲经过我们的脚边，也不叫。它径直走到溪边，在那里舔水来喝。水里颤动黑白相间的猫影，猫见怪不怪，只低头凝望片刻，便拖着长长的尾巴，踏过卵石，往草丛而去。草丛里有虫鸣，碎碎小小的虫鸣，露珠一般，在我们的耳膜上慵懒地滚。

午饭是用溪水煮出来的，入口，如有泉香。饭后饮茶，也是山溪之水泡出来的山茶，叶子在水里苏醒，舒展腰身，吐一杯春色。我们小口啜饮，唯恐惊了春天。溪在卵石上流淌，也在我们的脏腑之间流淌，到处都是波光荡漾。茶后恋恋不去，三三两两，我们在溪边的枫树下小坐，一株老枫，叶未红。阳光换个角度照射溪水，水光潋滟，如锦绣铺开。我们携手走上木桥，在木桥上排排坐，脚悬空晾着，细风吹拂各色的裙子，仿佛回到童年，我们都在水光的照拂里。我们潮湿，洁净，一夕无欲求。

我心素已闲，清川澹如此。

我们得一日之闲，暂拥一段清川。阳光很近，尘世很远。

舍南舍北皆春水

春雨潺潺时，总会想起从前，想起少年时候居住的老瓦屋，和房前房后的澹澹春水。

"舍南舍北皆春水，但见群鸥日日来。花径不曾缘客扫，蓬门今始为君开。"杜甫诗里，难得一回小清新，说的似乎就是我从前的家。

房前的那个大池塘，名叫许家塘。许家塘那边，是一片平阔田野，金黄的油菜花田和紫红的紫云英田错杂相间，辉煌壮阔。田野中间有水渠直通到许家塘，夜雨下起来，水渠里的水哗哗淌进许家塘里，一整个春夜，耳朵里都是扯不断的水声。

那样的水声里，似乎能闻到油菜花的味道，紫云英花的味道，青草和野蒿的清气，泥土的潮气，蚯蚓翻身拱动爬出泥穴的腥味……一个人的嗅觉、味觉、视觉都被那样的水声喂养得特别粗壮发达。

翌日晨起，推窗，许家塘的水面上漂满了油菜花的花瓣，还有零落的桃花、杏花。雨住了，水渠的淌水声渐渐小起来，只剩一口肥胖的大池塘，倒映着树影、花影、草垛的影子、天空的影子，还有塘埂上走动的人影和奔跑在后的小狗的影子。

早晨上学，穿着胶靴，走过蜿蜒田埂，一路都是大大小小的水流伴随左右。池塘、河沟、水渠、田畦之间的逼仄小沟，到处都在淌水。我的胶靴被春水洗得盈盈发亮，上面又粘了许多的落花，有油菜花、紫云英花、蒲公英花，还有婆婆纳的碎小蓝花。

屋后是一条河，名叫长林河，袅袅婷婷地，迤逦走向长江。春日里，河水又满又绿。河边有一丛一丛的芦苇，或者是一丛一丛的菖蒲。柳树发芽，杨树发芽，榆树发芽，个个枝头都是毛茸茸的绿色。这些绿色倒映在河水里，河水就像被绿色酿酒一般酿了一遭，何止是春水碧于天！

早晨，女人们在河边浣衣，棒槌的声音此起彼伏，在河水上回荡着，成为多声部的合唱。鸭子们拖家带口，终日在水上欢畅，脚掌划动，裁出一片片扇形的水纹，绵延不绝地荡开去。

柳枝披拂里，探出牛的前半截身子，牛来河边喝水了。水是绿的，柳枝是绿的，褐色的水牛像是被无处不流淌的绿色给洇湿了身子，也是绿的了。

黄昏，杜鹃鸟飞过林梢，且飞且鸣，长长的尾音震颤在河水之上，让人觉得，春天一直是唐诗里的那个春天，我们行走千年百年，还没走出过杜鹃的春啼。杜鹃声里斜阳暮，斜阳也是旧时斜阳，一半在天上，一半在水里。

到春暮，油菜花落了，桃花、杏花、梨花也落了，河边的野蔷薇花却开到好处。刚开的深红，开老了的粉红到淡白，深深浅浅的红花点缀在叶子已然茂盛的花架上。水里也有一架野蔷薇花，和岸上的同开同落。

水底的水草隐隐约约有了消息，偶尔有机帆船经过，静静的水面像睡醒的婴孩，在摇篮里翻身，水底初生的水草也跟着水波摇摆着袅袅的身子。菱角秧浮出了水面，小小的，无风无波的时候，它们光亮的浅紫的嫩叶像是用丝线绣在绿缎子上。菱角叶子在水面上一日日地铺，平阔的河面一日日窄了，春天也一日日窄下去。

夜里，闻着花香入睡，屋子西边一棵棠梨树正开花，花香随着夜气漫进窗子里，人就在这样潮润的花香里。想象窗外，白色的棠梨花纷纷扬扬，屋顶白了，河堤白了，房前房后的春水也白了。夜里做梦，常常梦见自己穿着胶靴站在河边的石板上，洗靴子上的软泥，还有粘在靴子上的花瓣。醒来，屋瓦上是平平仄仄的雨声。

春天若论五行，一定是属水吧。水滋养出了万物生长，也滋养出了诗意绵长。

素手把芙蓉

去山东微山湖，看荷花。荷花绵延百里，开得花天花地。在湖心岛上，等回程的船，却见身边一位姑娘，手捧一束红荷，静静立在柳荫下。

真是美！内心不禁一叹。别人在渡口边买成把的莲蓬，剥开来吃；她没有，她只抱花在怀，宛如仙子。

在北京画家村，我记得有一幅画，画的也是抱花的女子。是油画：碧绿的草坪，远处山峦隐约起伏，着粉色长裙的女子迎面走来，微笑着抱一束碎碎白白的花儿在胸前。风儿轻拂，她的长裙和长发微微在风里轻扬……她好像是天外来者，沐着花香，初初莅临尘世；又好像是一朵兰花转世而成的女子，施施然经过春天，转身就要离去。

抱花的女子，不论是在身边，还是在画里，都让人觉得美好。让人觉得，在布满褶皱的生活之上，会有那么一两处光明洁净的时光，值得期待，值得向往。

李白的《古风》诗里有一句："素手把芙蓉，虚步蹑太清。"说的是在白云深处的华山莲花峰上，仙女们素手持握洁白的芙蓉花，缓步徐行在太空之中。这是高处的仙子们的生活，不染尘俗。

其实，即使在红尘低处，我们，也可以，去过一种有仙气的生活。一个人，活在世间，也可以与俗世，这样若即若离。

有仙气的生活，轻盈，空灵，寂静，又有生机。不是没有悲伤，而是已经穿越悲伤，抵达内心的清明与平和。

有仙气的生活，就是从尘埃里破茧而出，素手把芙蓉。把日子过得繁花萦绕，过得绿草葱茏。

微信朋友圈里，流传着孔雀精灵杨丽萍的几张照片，仙气十足。

六十多岁的杨丽萍，一身白衣，高挽发髻，在自己的家里，低眉小坐，插花逗鸟。红的粉的蔷薇与月季，累累簇簇地开。她在鲜花簇拥里，美得依旧像童话中的小女孩。

这是舞蹈家杨丽萍的生活。羡煞无数女子。

其实，我们也可以，这样与花木栖居一处，这样活得随意欢喜一些。

重要的是，有没有心，愿不愿意，放缓自己，放低自己。

立秋前一天，去三舅家。三舅还住在江水环绕的那个沙洲上，种着一院子的花。牡丹芍药，栀子茉莉，芭蕉兰草……一院子的花木，郁郁葱葱，都像是三舅顾盼有神的女儿。木兰枝叶已经可以覆出一片阴凉，阴凉里睡着那条白毛的牧羊犬，见客不叫，和善得如同兄长。

在这个沙洲上，许多人都已经搬走，搬进城里的楼房里工工整整地过着小日子。但是三舅不搬，他买了辆轿车，开车出门去工作，早出晚归，为一院子的花木情意殷殷。我坐在三舅的院子里，想着三舅清秋晨晓起床后，流连在这些花边，看看晨星晓月，衣服上沾满露水，就觉得他是仙风道骨的隐者了。生活里多的是粗糙与暗淡，可是也有这洒然清朗的一刻。

我的新房子，依旧买在一个江边小镇。是的，是小镇，白日喧闹如蝉鸣，夜晚寂静如庙宇。我说我在装潢这个第二套房子，朋友表示不理解：啊？你还要在那里住下去？我莞尔，其实内心甜蜜。

房子前面横卧一条小河，东边一座小桥，西边又是一条南北走向的大河。想想，这么多的水，可以养出多少芙蓉花，多少斜晖脉脉，多少春草池塘处处蛙。我盘算着，在某个雨夜，或者雨后晨晓时，躺在床上，一定可以听到"哗哗——哗哗"的流水声，那是唐诗里的流水声。

有仙气的生活，是素手把芙蓉，与清风流水的小时光相拥。轻轻地活着，芬芳地活着。

天地一沙鸥

"举杯邀明月，对影成三人。""雨中黄叶树，灯下白头人。"说的都是孤独。

杜甫有句诗"天地一沙鸥"，如果从上下文里拎出来，断章取义地只读这五个字，也能读出一种孤独的冷。

茫茫天地之间，我是一只沙鸥，不成对，不成行。我像一个浑重的墨点，落在米白色的宣纸上，孤山成峰，不绵延起伏，不远接旷野田园。

我就这样孤独着，浩瀚的孤独。

喜欢这五个字，似乎还源于一幅照片：大雪天，湖畔的雪肥厚得像睡倒的熊，湖水泛着幽冷的银灰色，一只鸟，铁黑如铸，立在茫茫雪地上，立在天地之间。没有阳光，没有草色，没有食物，那只黑鸟似乎是日啖孤独而活。

我看着那幅照片，心想：我愿意做这样一只黑鸟，瘦削，孤立，在黑白的世界里。

一个人的成长，是意识到自己是孤独的。一个人的强大，是勇敢上前不回避，认下这孤独的命运。

认领孤独，承受孤独，最后，享受孤独。懂得在喧嚣纷扰的世间，小心地保持一份孤独感，像保护一枚基因纯粹的种子不被沾染。

孤独着，在孤独中优雅，在孤独中标新立异。

我跟你不一样，是因为，我比你孤独。

前不久，在网上看到一个外国女作家和环保者，她选择离群索居地生活和写作。她建木房子，自己种菜种水果以自给，利用太阳能发电以应付简单的日常生活。在这个远离都市远离人群的深山里，一个人，最富有的东西恐怕就是孤独了。但我以为，她活得丰富而深厚。

人世间，最好的同道者，是能陪你一起去做浮云游子，抵达远方。抵达空间上的远方，大江大海，大山大野。抵达时间上的远方，从朝如青丝，到岁暮成雪。抵达精神上的远方，高山流水有知音，渔樵问答话浮沉。

但是，许多时候，是没有同道者的。

在思想的圣坛上，往往是，你比别人来早了，或者来迟了。

就像是赴一个晚上的饭局，七点钟的饭局，你却五点就到了。房间冷清，你一个人坐在玻璃窗边，看窗外车水马龙，看夕阳摇晃着身子在行道树的枝梢里一点点沉陷。大厅里没有脚步声，着黑色平底绒布鞋的女服务员贴在门框外，像个没有感情色彩的标点符号，与你两不相扰。你身后的玻璃大圆桌空旷辽阔，仿佛野渡泊船，没有船客，也没有艄公。

你只能等，一个人等。你和你的朋友，同在某天下午五点的这个时刻里，但是你们不相逢，不交集。你要等他们穿过城市喧嚣，穿过洪水滔滔一样的两个小时，才能抵达在同一个时空里。可是，结果往往是，他们来了，你的心也老了。你永远是一个提前两小时的孤独等候者。

孤独，也是人流滚滚的街衢之间，你独行在后。缓慢的步伐，不赶声色繁华，不赶权势声望。别人手握急管繁弦，沉浸富贵荣华时，你在万人之后，独对楚天千里清秋。

繁华之后是寒色，你早已知晓。所以，你选择，滞后。

龙应台说：有一种寂寞，身边添一个可谈的人，一条知心的狗，或许就可以消减。有一种寂寞，茫茫天地之间余舟一芥的无边无际无着落，人只能各自孤独面对，素颜修行。

这是命运。无法更改。无从缓和。

所以，我有蛮荒，却从不奢望，与你接壤。

在冰雪天地里，一只黑色的沙鸥，与自己，孤独成双。

我心素已闲

喜欢早晨步行去上班。不是喜欢上班，而是借着上班可以一路赏览晨景。

要下一道缓坡，穿过河心的长堤，再上一片缓坡，一路迤逦。

草坡上的露珠，一粒粒像婴儿，慵懒又透明，卧睡在苜蓿草的黄色小花蕊里，于晨风里翻滚。也有胆大的小露珠，高高悬在青草的叶尖上，欲坠不坠。每次路过草坡，总忍不住想赤脚伸进去，裸泳一般，让一双脚游弋在露水的凉气里。

柳堤两边，湖水泱泱，几与岸平。垂柳的影子掺着朝霞的红光，颤颤浮动在波光云影之间。天、地、柳、水，一切都澄净空明，在清晨，在悠悠的时间里。我行走在这样的晨气里，觉得自己仿佛是琥珀里的一只蝴蝶，如醒如寐，千年万年。

春暮的时候，草坡上的槐花一边盛开一边零落，如笑如泣，在石阶边迎候我的到来。我行走在那漫漫白花下，心思温柔静谧，像被海水抚摩过后的沙滩，平远无垠，只待一个人来落下脚印。

我还喜欢在清晨路遇这样一些人：

马路边卖西瓜的瓜农，皮肤黝黑，乡音浓浓。他们倚在蓝色电动三轮车边，车里睡着大肚滚圆的西瓜，瓜叶藤蔓间，青色的西瓜肚皮翻涌。他们用老式杆秤给人称西瓜，从来都把秤梢高高翘起来——慷慨质朴的平民，也可当大气的王者来看。

也会遇到陪读的母亲和奶奶们，从乡下来的，习惯在水塘边洗衣服。如今进了城，依旧是老习惯，拎了衣服去护城河里洗，用棒槌狠命地捶。我路过她们，觉得她们把日子过得铿锵有声，巍巍庄严，不由心底起敬。

还会遇到上幼儿园的孩子。胖乎乎的小孩子，穿红着绿的，卵石路不走，故意走在草地上，像樱桃一般玲珑可爱。

每次走过长堤，踏上小桥的石阶，凭栏小伫，垂柳依依中，我恍惚以为自己是许仙家的白娘子。是从头再来的白娘子，转了世，来把这世俗人间低低地再爱一遍。

其实，想想自己，可不是已经转了世？

从前，是一味痴心妄想，对生活怀着百般不如意。如今，一颗心在水漫金山之后，少了峥嵘险峻，多了平阔清明。好像雷峰塔下坐禅思过之后的白娘子，心思娴静。

转了世，回了头，懂得去欣赏寻常生活里那些琐碎的美好，那转瞬即逝处的婉转动人。

唐诗里有一句："我心素已闲，清川澹如此。"也是王维的句子，我喜欢它，悄悄抄在本子上。清川澹澹，天地静美。能把低处的小时光过得平阔悠然，能把自己的一颗心过得像溪水一样淡泊，是因为，我心已闲。

这样的闲，来得辗转。是大爱大恸之后，终于懂得舍了，懂得放手了，于是，闲了。不汲汲以求天边虚幻的云彩，知道了收手，知道了无为，于是，闲了。闲了，看川溪清澈，看南山悠然。

闲了，就像我这样，愿意把自己羽化在寻常的风景与烟火里，身内身外，俱是琉璃。低下姿态来，在一滴露水里，也看见了壮阔和永恒。

我心素已闲，清川澹如此。真好！

从前不屑的风物人事，如今已经懂得对之报以尊重和欣赏。能听完并不熟悉的一位老者的絮叨，在手机里听，听完才知道自己听了一个多小时。懂得陪伴日渐衰老的父母，不吝言辞去夸奖父亲种的菜园……

还有那些小恋情，曾像黑暗料理不敢端出来示人，如今，都已沉淀过滤，成为清澄安宁的友情。一转身，都已忘了，那些盘根错节的过往。一转身，又再见他，风轻云淡岁月绵长，小恋情早升华成了渔樵问答。

咫尺之间，皆有风景。行走人世，也可以像一场春日踏青，在垄上，沐风而行，一行三两人。

流云在肩，清溪在侧，而我，我……心……已……闲。

吾来看汝，汝自开落

上班的路上，会路过一丛木槿，开花的木槿。一边开，一边落。枝上繁花明艳照人，树下草间落英缤纷。

路过开花的木槿时，会悠然想起王维的诗《辛夷坞》：

> 木末芙蓉花，
>
> 山中发红萼。
>
> 涧户寂无人，
>
> 纷纷开且落。

说的是枝梢上的辛夷花，在幽幽深山里开放。山中空寂无人，辛夷花自开自落。它开放时的美好，只有它自己知道；它凋零时的哀戚，也只有它自己来领受。它是自己的导演，也是自己唯一的观众。

有人说，《辛夷坞》是借山花开落于无人山涧的可悲命运，来抒发文人怀才不遇的感伤。可是，我却是喜欢这首诗里的幽独，幽独里慢慢沁出来的清芬，好像沉香在古庙里缭绕。

我也喜欢这山涧里自开自落的辛夷花，在我们没有到达的时间和空间里，它们依旧踩着季节的节拍独自出场，从容自在地呈现生命，生命的繁华生动与衰颓静寂。

而我最欣赏的，正是这自开自落的状态。

我去过许多个江南江北的古镇，去看那里水边桥边的桃杏盛开。我穿越过许多场浩瀚的春天，沉浸在酒旗春风草绿花红的中国画里。可是，这么辽阔的江山，这么无垠的时间，我念念不忘的常常是那些隐逸的花儿，隐逸在村野深山处，幽幽散发芬芳。

一个春日的黄昏，驾车经过镇二环，蓦然瞥见菜地尽头一棵杏树正开花。杏花开在一座老房子的窗前，房子已经破旧不堪，春雨蒙蒙中，越发透出垂暮萧条之气来。好在有那一树花，让人觉得春天到底是春天，春天到底还是新的。我忍不住停了车，静静遥看那粉白粉白的一树杏花婆娑盛开，盛开中透出一种薄薄的喜气，是一种民间的喜气。

主人走了，花还在。还在陪一座老房子，度着风雨，度着春阳，度着时间。主人走了，花还在，还在一年一年地开，不负春天。

是啊，这样的开放，表达的正是一种不负的信念。不负春天，不负自己。

还记得，老家的河堤旁有一棵棠梨树，一到春天，白团团的花儿开得像烛光照耀的宫殿，华美壮观。如今，住在河堤边的人家一户户相继搬到街道边的新建小区里，只剩了一个老人还住在棠梨树边。老人也渐渐更老了，已经直不起腰身出来看一眼门前的春天，只剩了长长的流水与长长的河堤，只剩了，那棵寂寞的棠梨树。可是，即使寂寞，惊蛰一过，白色的棠梨花依旧如约立在苍老的枝丫上，春风里开，春风里落。朵朵簇簇，玲珑剔透。

这些幽独的花们，不论自己住得多么遥远，不论自己的境遇是怎样的寒微，它们，从不错过一个春天。

春天，属于漫山遍野的花们。春天，也属于蓬门前的一树杏花，属于幽壑里的一棵辛夷。

一个人的时候，尤其是一个人路过一棵孤独的花树的时候，我会轻轻跟自己说：你也是一朵幽独的花儿，你要努力，努力地开放！不负了春天！不负了时间！

灯光闪耀的舞台只是属于少数人的。大多数人，都和我一样，淹没在人海里，孤独着，像旷野上的一棵树，独木为林。可是，只要有春天，就依然要开放。开放给自己看。一枝一朵，也可以成为春天。

自开，也自落。不奢求谁人的垂怜。

一朵花的凋零，对于一个浩繁的春天而言，只是一片小小的忧伤。可是，对于一个孤独和唯一的生命个体而言，却是一场有去无返的悲壮。这样的悲壮，孤独的花儿，默然，背负——以最轻盈的姿态，以最优美的弧线，飘落，飘，落……

一个人，经历了盛大的开放，又经历了悲壮的退场，这时候，也许才能做到真正的从容自在。

在屏幕上，偶尔看见六十岁的赵雅芝登台，惹得观众惊呼，女神不老！可是，怎么可能不老呢！脸上的皮肤修饰得再怎么无瑕，脖子上的皱纹依旧隐隐绰绰，像说漏了嘴的谎言。衰老是必然的，凋落是必然的。

可是，我依旧喜欢老着的赵雅芝。喜欢她在镁光灯下从容淡然的言笑，多年不露面，露面不惊慌，好像一朵闲花开在晚风里，幽香也迷人。

这个世界，有许多美丽的花朵，和花朵一样的女子。她们，在我们视线不及之处，自开自落。我们感动，是因为我们偶尔看见了。我们没有看见她们时，却看见了我们自己，在时光里，开放过后，一瓣一瓣地凋落，慢慢剩下一颗坚果一般结实的内心。

龙应台翻译过一首外国诗，我深喜其中几句：吾来看汝，汝自开落，缘起同一。

只为那偶然的一遇

关关雎鸠，在河之洲。

窈窕淑女，君子好逑。

参差荇菜，左右流之。

窈窕淑女，寤寐求之。

求之不得，寤寐思服。

悠哉悠哉，辗转反侧。

参差荇菜，左右采之。

窈窕淑女，琴瑟友之。

参差荇菜，左右芼之。

窈窕淑女，钟鼓乐之。

——《关雎》

读《关雎》，私下里，总固执地以为，它描述的是一次极其美好的相遇。在对的时间，对的地点，不远不近地撞上中意的人。郎未娶，妾未嫁，人世良缘，就是那样开始的吧。

　　暮春，或者初夏，和风丽日，是 1978 年以后中国乡村题材电影中常见的背景画面。一条小河弯弯，河中小洲数点，绕洲的荇菜一片青碧，阳光在探出水面的一些荇菜叶上随风颤动，多么不安分。这个季节注定是一碗端不稳的醇酿，一不小心，就醉个满怀。雎鸠已经锁不住身体里的声音，双双对对，在温湿的小洲上对唱和鸣。着红袄绿裙的姑娘，像一枝雨后的柳，身子柔柔的，将一根小腰弯在水滨，于一河的雎鸣中采摘荇菜。

　　青春是一部藏了太多魔咒的奇书，念着念着，哗然，又是新奇陌生的一页。

　　岸上少年来。那一眼，是惊艳，是久久的徘徊不去。

　　一段情事就这样落墨了，来不及打底稿。那年，他看见她在一片碧绿的荇菜里，人如新月。再看她，左一把，右一把，十指翻飞，像一只舞动的蜻蜓。可是，却也就那么走过去了，她在路上，他在水上。起初，有点欢喜，有点想念。后来，欢喜和想念却在一夜的枕上铺陈开来。有多深的恋情就得担有多长的辗转反侧不眠夜，他一日日知晓。那么，她看见他了吗？看见水里的他的影子，以及，他的影子是怎样随微风波纹一点点地远去、淡去？他是揣了满怀的荇菜香走的，而她，就缠在那千丝万缕的香里。多想剔出来，展在手心里细细地端详。

　　只因为那偶然的一遇，从此，心心念念，谋着重逢，谋着走近。

可是，却也是怕！那姑娘还会来吗？小洲，荇菜，雎鸠，都还在，她呢？他还一如从前，那样原本无心地从河岸上走来，再那样不经意的一眼……她呢？

那时，他当然不知道唐朝诗人崔护的那场偶遇。清明踏春，半路口渴，崔诗人敲门讨水喝时，就撞见了一副桃花容颜……翌年再去，人面不再，只有一树桃花依然风里盛开。人世间的偶遇，有多少可以较真出下文？有多少不是沦为只睹一面的绝本？何况崔护的那一遇只跌落在中年以后的寂寥里，纵是再遇，想来也翻不出什么花样的。

好在他那偶然的一遇，赶在少年时。他可以动用整个青春，安排想念，安排重逢，甚至安排迎娶。

露未冷，霜未落，秋还未至，百草还未凋。时光青葱如满河的荇菜，这多好！长的荇菜，那姑娘采了，短的长起来，姑娘还会来的。不远不近，左右流之，左右采之，左右芼之。而他，就在岸上。

多少年后，音乐家王洛宾在草原上整理出一句：我愿做一只小羊，跟在她身旁，我愿每天她拿着皮鞭，不断轻轻打在我身上。道尽相思焦渴。想必，那一整个夏天，岸上的少年在欲采那一位采荇菜的姑娘而不得时，大约也早恨不得是姑娘手里的荇菜，远一棵，近一棵，逗她。那也好啊，多么美妙的重逢！爱情面前，谁的姿态不都低了三截？

都只为那偶然的一遇啊，琴瑟，钟鼓，都来赶赴这青春的盛宴！打定主意了，要做一世友的，要博佳人笑的。

第二辑

顾盼有深情

顾　盼

　　国画里，画一茎高挺的风荷，往往有一朵出水的小蕾不远不近地与之呼应。这样的呼应，是凝望，是欣赏，是探询，是对话，是懂得，是耳语，是倾听，是呵护，是拥抱……一纸清荷，叶叶之间，叶花之间，在构图上便形成这样一种"顾盼生情"的美学和关系。

　　一位画家朋友在合肥亚明艺术馆有个画展，秋日下午，我去观展，一进展厅，荷的清气与仙气扑面：宣纸上，叶与叶相依顾盼，花与花凝眸顾盼，高处的新叶与低处的枯叶俯仰顾盼，翠鸟与游鱼隔水顾盼……真是叶叶生情，笔笔有情。我看着这些图，顿觉生命可喜。

　　我们也是这样啊，与父母兄弟，与师长同学，与同事友人，与爱人和过客，构成这样的"顾盼"关系。我们目光交汇，我们十指相扣。我们有欢喜，有牵挂，有午夜梦回蓦然想起。我们就这样相互顾盼，生出深切的感动和绵长的情意，生命像一纸的风吹莲动。

　　人生长路，长的是寂寞，我们上下求索，无非求一个人，在光阴流转里，能跟自己结成完美的顾盼关系。我抬眉凝望时，你刚好折身过来，以目光迎接。我骄傲时，你躬身俯首垂听。不管姿态如何变换，始终，我们在一张尘世宣纸里——在顾盼之间，生命闪耀出万千光辉。

没有顾盼的人生，是没有在人间扎根的人生。在没有顾盼的人生里，每一步，都似悬崖独步。

李清照写《摊破浣溪沙》一词时，人已南渡，又值暮年，亲朋故旧半零落。"病起萧萧两鬓华，卧看残月上窗纱。"老病对黄昏，顾影自怜，身如风雨中一漂萍，曾经那个与她对望的人早已在战争与离乱中永远失散。遥想多年前，她还是闺中思妇，红藕香残时节，她轻解罗裳，独上兰舟。那时，秋水之上，零落的红荷也如兰舟。那时，她可以小忧伤，可以嗟叹"一种相思，两处闲愁"。因为那时，爱人还在这个世上，她可以等待云中锦书来。在隔着漫漫风烟的某个窗口，一定有夫君的目光越过山水而来，抵达她的兰舟。如今，她生命里已经了无顾盼，她是连相思与闲愁也不提了，唯说病枕上的诗书，唯说寄客生涯里的风雨。

女作家琦君在一篇散文《吃大菜》里写："从厨房的玻璃房，我和母亲目送父亲和二妈并肩往大门走去，父亲体贴地为她披上狐皮领斗篷，一定是双双跨上马车走了。"琦君的二妈，是琦君父亲娶的二房，她父亲常带漂亮的二房出门下馆子吃西餐，留下琦君母亲在家里吃传统中餐。即便是父亲在家吃饭，父母也不同桌，父亲和二房在客厅吃，母亲和厨子们在厨房吃。父亲把温柔和尊重都给了来自杭州的漂亮洋气的二房，只有母亲，在某个角落，无言远望丈夫和另一个女人的幸福和温暖。母亲隔着玻璃房目送丈夫，丈夫不会回眸看一眼身为乡下女人的原配，他们之间不会有目光的对接和交汇，不会有情感上的懂得与疼惜。他眼里春光旖旎，她眼里是人生荒原。琦君母亲常自言自语，形容自己是"拿菜篮挑水的人，都挑一辈子啰"。

人生几十年过去，到琦君中年时，父母也早已过世，琦君忆及母亲，忆及母亲的孤独、辛劳和容忍，依旧心疼不已。书里，那篇文章的末尾，附了一幅插图：黄色的竹篮里盛满了水，水里有莲，一大一小两朵红莲静静开放，如有所语。我想，这两朵红莲，一朵是琦君，一朵是她母亲吧。爱若为篮，是能盛水养莲的。隔了三十多年光阴，她在文字里依然与慈母有着顾盼。

没有顾盼关系的绘画，墨色之间总是少了情意。没有顾盼的感情世界里，所有的凝望，都只是有去无返的漫漫单程。

寒　枝

　　吴昌硕画牡丹，常常在酣然盛开的牡丹花朵边，冷冷地立一两根寒枝。

　　这寒枝和鲜润饱满的牡丹花似乎成了鲜明的对比。花是艳的，寒枝是冷色调的。花是华枝春满，寒枝是瘦削萧疏。花是姿态婆娑，寒枝是孤独挺立。

　　你欣赏着牡丹盛开时的雍容艳丽，可是，视线总躲不过那倔强挺立在花丛里的几截寒枝。那寒枝大约是枯朽的，可依旧冷硬劲拔，它立在花丛边，像一段绕不过去的苦涩的记忆，夜夜梗在心头。或者是一场深沉的苦难，绵延横贯了半生的岁月。

　　吴昌硕画牡丹，几乎从不漏下寒枝，大约是因为，那寒枝一直就长在他的生命里。从内心长到手指，长到指端的羊毫里。

　　他大半生困顿寒微。十七岁因战乱随父逃难，五年后回家，家中亲人俱亡，只剩他和父亲。不久，父亲又病亡，只剩了他一人，从此开始茫茫"游学""游宦"生涯。在那个以科举功名为人生至高理想的年代，吴昌硕也毫无疑问地执着于此，他考过秀才，做过七品芝麻官的县令，更多时候，只是做做身份尴尬的幕僚。仕途于他，一直是灰暗的。海上大画家任伯年曾画过他，名为《酸寒尉像》。画里，他刚刚交差回来，官服官帽还未来得及脱去，已在那里拱手作揖，似与远道而来的师友施礼问候。此后，吴昌硕常常以"酸寒尉"自称。

也真是酸寒。四十四岁，人到中年，又经宦海浮沉，他对仕途已无多期望，于是举家迁居上海。他在上海浦东郊区租了两小间民房，安顿家小，并寄希望于书画，期望自己能像任伯年一样靠一支画笔安身立命。但是，上海的书画市场，于他也是灰暗的，他的画卖不动。

初冬之夜，寄身于低矮屋檐，看看环堵萧然，他在纸上写道："夜漏三下，妻儿俱睡熟，老屋一灯荧然，光淡欲灭。"

日月艰难，前途无望，只好重回苏州。人生困窘至此。

不知道，命运将他如此压榨，是否就是为了激发他灵魂深处的金石气。一个艺术家，若能从浩瀚的苦难里抬起头颅来，不屈于人世，那么，他的作品的气象也必定不同凡俗。

再去上海，矢志于以书画立足，已是二十余年后。那时已是辛亥革命之后，许多旧朝官吏不愿去北洋政府为官，便都到了上海。吴昌硕到上海，从此做了职业画家。他用西洋红画花卉，他笔下的花朵鲜丽饱满。他自谓"老缶画气不画形"，"老缶"也是他的名号，他的画郁拔苍劲，气势磅礴。

他像牡丹花边的寒枝，从苦寒苍茫里劲挺而出，带着一身的寒气，可是，是倔强的，骄傲的，巍然的。

吴昌硕挑战命运，在艺术上也一身胆气。他说："自我作古空群雄。"他把自己摞到了书画艺术的历史长河中，凛然上前，直面古人，他敢将大红大绿用于花卉。曾有海上画家蒲华告诫他：要多用水墨，少用颜色。因为是文人画，要高雅，要"色不可俗"。可是吴昌硕偏不。他用色不守古法，变水墨为五彩，变重墨为重彩。

有人说吴昌硕最重要的贡献是，身处动荡年代，却彰显了中国文化自强不息的精神品格。我觉得，他作品里的劲挺自强之气，不是闲逸富贵给他的，而是苦难与执着给他的。

就像他笔下的牡丹，最动人的不只是牡丹的色，还有花朵之后那些片叶不着的寒枝。

所以，那纸上的寒枝，某些时候已是一面镜子，它映照着后发的牡丹。也许那寒枝是枯的。也许它遭受过风雪的压迫，遭受过刀斧的刈割，所以枯了。但此刻，寒枝依旧挺在花丛里，挺在岩石旁，让一朵牡丹在春天绽放，却不敢轻薄放纵地绽放。它映照着，让绽放的牡丹懂得了节制和内敛，懂得了沉着与静穆。

一个人，大约只有尝尽人世冷暖，才会懂得，在姹紫嫣红的盛开时节，依然不忘在心里立上几根寒枝。

对于吴昌硕，即使成名成家了，即使名利汹涌而来了，他仍记得早年那些忧患与颠沛，记得自己来自民间，记得自己的身份。他也记得自己的追求与使命。所以，笔下牡丹开得再热闹，他依旧要种几根冷冷的寒枝在侧，给自己降温，也给世人降温。

他用这几根寒枝，让自己和汲汲富贵显达的世俗，保持一段冷冷的距离。他用这寒枝，彰显着自己的刚毅执着，彰显自己直面历史长河的勇气与气魄。

吴昌硕笔下的寒枝不仅是瘦的，是枯的，也是高的。那寒枝高过花朵，高过绿叶，不摧不折，独对风日，挺向苍穹。我想，在这样的寒枝边盛开的花朵，一定是心怀谦卑的吧。

面对深沉的苦难与过去，此刻的绽放，理应怀着谦卑。

晚年，吴昌硕的艺术如一朵牡丹雍容明媚地盛开在中国画坛。那时的上海，曾经出现了"家家缶翁，户户昌硕"的盛况，可是，他却静静写下一副对联："风波即大道，尘土有至情。"

而我想说：寒枝最精神。

枯 木

苏东坡擅画枯木。

他有一幅枯木怪石图，画里，一根枯木，盘屈倾斜，艰难向上。那远远逸出生长的姿势，又倔强又危险，仿佛随时会坠落悬崖，粉身碎骨。看了令人生忧生寒，好在，画面左下角，有一怪石压一压，便得稳妥。

可是，那到底是一株枯木啊！

一个人，要经历多少磨难，多少曲折，多少风刀霜剑的打压，才愿意落尽花朵和绿叶，只做一株枯木。

看轻荣华名利，寄身僻远江湖，做一株沉默不语的枯木。

"乌台诗案"后，新党欲治苏东坡死罪，是昔日政敌王安石一句"安有圣世而杀才士乎"救了他，他才得以从轻发落，贬为黄州团练副使。经此一难，苏东坡恰似一株枯木，心灰意懒。好在，有一片茫茫山河，来安顿一株枯木，来承载他无言的落寞。他到黄州，写下浩荡如江水的雄文《赤壁赋》《后赤壁赋》《念奴娇·赤壁怀古》，也写下摇曳动人如小窗月色的《记承天寺夜游》。

一株枯木，借文学，将自己在坎坷世间压牢了脚跟，也在大江大河大山大野之间，拥有了一种空阔和高度。

从前看画，喜看红花翠叶，喜看瓜果藤萝，就觉得人间有如此密集的热闹，生命有如许蓬勃的生气，实实令人爱恋和振奋。不懂得枯木也能入画，枯木自是风景。不懂得，人生难免要经历一段枯木之境。

朋友读《苏东坡传》，读得涕泪横流。是不忍见啊！不忍见千古奇才屡遭摧残，不忍见可爱东坡的脚步一低再低，从长江之滨，到西湖之滨，到南海之滨……他就这样，怀满腹才华，托身于江湖，越走越远。

读苏东坡的枯木图，分明见，那是繁华脱尽的冷落萧条，也是一身硬骨冷对攘攘朝贵的傲岸。纵然对门对面是歌舞喧哗，我这里，纸窗青灯，静悄悄别有山河。

还记得童年时，最喜在大寒天去林野看树，乡下的那些野生的树们，彼时仿佛都成了枯木。它们片叶不着，独立大地，独对苍穹，不返青，不长高。它们被风雪摧残，被排挤在碧绿的冬小麦和油菜之外，一身清冷遥望春天。它们茕茕孑立，孤单苍老，风吹不语，像落难的英雄。我看着这些枯木，心里好一阵疼惜，又觉得它们威武高大实在是铮铮有骨气。

石涛也有一幅枯木图，画里两株枯木相依，彼此皆清寒皆相惜的姿态。它们仿佛是阅尽风景弃却繁华的智者，主动选择退出，选择疏远，选择与萧萧秋风、与空旷大地、与日月江河为邻为友。

读石涛的枯木图，我想起我少年时照相，曾倚过这样的枯木。那时上学，春天会路过一片开花的紫云英田，花田里浮动着一层朦胧的浅紫，雾气一般在阳光下蒸腾。有同学相约拍照，他们趴在紫云英田里，仿佛跟花儿也跟春天撒娇，拍出来的照片娇媚可人。我那时倔，偏不要花田做背景，而是选了花田尽头的一株瘦弱枯木来倚了拍照。年少敏感脆弱的我，总以为自己也像一株枯木，别人那里春光灿烂，我这里是永远的清秋。

到初夏，经过树下，忽然发现枯木上生了许多叶芽。原来不是枯死之木，而是一棵叶儿发得迟些的乌桕。

枯，不是衰亡，不是生命终止、永堕黑暗。枯是减法，是生命智慧。那些冷落天涯的枯木，它们有自己的姿态，有自己的立场，它们只是暂时收藏绿色，选择缄口不言。

读苏东坡的枯木图，我想，那枯木一定也是一株身处极寒极偏之地的树，纹理内还有滚热的汁液在流淌。那空空如也的枝干，不过是一处深情的留白。多难也多智慧的老东坡，以白，以枯，说广大，说无穷。

春心不死，枯木逢春才有意义。

老 墨

墨是苍老的。像老僧。

古人制墨，先将松枝不完全燃烧，以获得松烟，接着要将松烟和一种已经文火熬烊的胶搅拌在一起，拌匀后还要反复杵捣，然后入模成型，晾晒，最后描金。

这样煎熬辗转，到最后成墨时，当初的一截松枝，它的黑色的魂魄真就是走了几世几生啊！

到了文人雅士那里，提笔蘸墨，在宣纸上，还没落笔，一颗心，先就霜意重重地老了。泼墨，渲染，皴擦，这之后无论点上多少片风里零落的杏花，那山野还是老的，江湖还是老的。水墨江南的春天，也不过是老枝旧柯上新发的春天。可是，这样的春天，总有种深情在里面。

有一次看画展，是水墨画展。有一幅画的是荷叶，一池的荷叶，垂眉敛目地皱缩在秋水之上。是残荷，一色的墨色，好像是整砚的墨都倾倒在宣纸上。那些荷叶，也好像是铁定了心，要往黑色里沉淀下去，永不回头。是看穿了，看破了，不看了，淡月笼罩下一袭僧衣的背影给世人了。我看了，心底苍凉一叹：老了！心老了，所以用墨用得这样纯粹而彻底，不犹疑。

我想，画苍老厚重之物，画风物的内在风骨，墨是最好的染料。千年松，万层岩，秋荷，枯树，瘦竹……都是最适宜用墨的。墨的灵魂在那些风物的形态里住得稳，住得深。墨有那样的沧桑，那样的浑重，那样的内敛。

一位画家朋友在江城举办个人画展，我特意去看。一进大厅，墨的凉意袭来。放眼环视，满目山水，四季风物，真是江山辽阔而多娇。流连画前，看墨在奔涌，在延伸，在呼应，在禅坐……这是墨，借一方宣纸，在一一还魂。

是啊，看墨在纸上逶迤远走，真像是老僧修炼后转世，或为云霞，或为江水，或为寒山，或为竹木花草……他只有一个灵魂，却有千百种身体。他真自由，他真慈悲。只有老了，老得很老，才有这样的自由和慈悲吧。

我喜欢看朋友的墨色芭蕉和茶壶。

芭蕉在墨里水灵灵的，清新蓬勃，饱满生动，枝叶披拂里有巍然成荫的志气。我喜欢芭蕉的婆娑盎然和笃定。

而茶壶却老得如山翁村叟。久看那茶壶，仿佛装了千年的风云，深厚，静穆。一壶在几，人间千年无新事。咀嚼那样的墨壶意韵，会觉得伊人秋水、死生契阔这些事都是轻的。那么，什么是重的呢？《桃花扇》的最后一出《余韵》里，唱戏的苏昆生往来山中做了樵夫，说书的柳敬亭隐居水畔做了渔翁。两个见证了江山兴亡的人，遇到一起，无酒，就一个出柴，一个取水，煮茗闲谈。苍山幽幽，烟水茫茫，那一壶茶分明就是一壶南明旧事啊。那样的闲谈时光是苍老的，是重的。水墨里的茶壶也是老的，是重的。心若不老，提不动。

我曾经买了些笔墨纸砚，可是一直不敢去弄墨，内心有敬也有惧。这几年，看看身边的几个朋友，有的渐渐就亲近起笔墨来了。我看他们呀，从前卿卿我我，从前嬉笑怒骂，从前流连歌舞楼台，从前周旋于权势名利，现在忽然就把自己放养起来了，放养在纸墨之间。也许，年岁增加，阅历渐丰，人慢慢就沉下来了。一片赤子心，归顺墨里，做水墨江山的子民。

人往墨里沉，墨往纸里沉，就这样把自己也沉成了一块幽静的墨，把纷扰的日子过成了意境悠远的水墨。

我看着他们，羡慕得要命，好像好日子都让别人过去了，就我这里萧瑟着。

我自知，我的心还不静，还留恋摇曳缤纷，还配不上一片墨色。

万物都走在节气里，我想，我也不用急。也许有那么一天，我也能一管羊毫在手，清风明月地过起日子来。彼时，墨在宣纸上深深浅浅地洇润，日色在东墙上隐隐约约地移动……有墨在，这样近地在着，就不怕老了。

再老，老不过墨啊！

秋荷袈裟

我见过月下的荷塘，在初冬，静如古寺。

在月光下，在瓷片似的一面浅水里，那些老了的秋荷，茎秆断折向水，仿佛化作了拐杖。那些被秋风还没有完全收尽的老荷，稀疏的，伶仃的，拄杖扶拐地低头回去了。

它们要回到水面之下，回到淤泥里，回到已经过往的那个春天里……来年的荷塘上，是又一春一夏的新荷。

少年时，月下行路，路过秋冬时节的荷塘，我心里有怯惧。总觉得荷塘上有缥缈的啜泣，有隐约的叹息。残荷老尽，连听听枯荷雨声也不能够了。

那是水上的一座废墟。

可是，人到中年，赏过了春天的新荷出水，赏过了夏天的翠盖翻卷和红荷映日，到了深秋，最想在一池的枯荷老荷边坐坐。

一个人坐坐。这样独坐的时光，简直像是生命之中的一处虚笔。

前半生，读书求学，结婚生子，事业求索，空间拓展，一桩接一桩，一笔接一笔，落得太密了。所以，后半生，我愿意缓下来，不那么急，多一点无为的留白时光，给自己。

这是最寂静的荷了。向虚而生。

蛙鸣阵阵，夏虫唧唧，采莲人的笑语喧哗，这些荷塘的热闹，现在全都退场。现在的荷塘，每日都在删减，每日都有告别，进入了一年中烟水茫茫的虚笔章节，预备着一冬的留白。

看过许多幅题为"十万残荷"的水墨画。不知道第一个取这画题的人是谁，实在是个手段凶狠的画题，极尽悲壮，极尽萧然，极尽惨烈。十万残荷，残荷十万，想象那荷叶在暮霭里，在月光下，集体赴死，集体阵亡，只留下一个追思的现场。所有枝叶，都身着黑衣，垂眉低首，为永不返青的生命默哀。

每次在"十万残荷"的画前，心都会有一种钝痛。我常想，能一笔一笔画下十万残荷的人，该是男人吧。大约只有一个阅过风霜历过劫难的男人，才会有结实的内心，才会在一叶又一叶的颓败面前落得下去笔墨。才能够从容向晚，静默向寒，才有胆气向枯败之境挺进。

年轻人画不好十万残荷，小女子也画不好十万残荷。画残荷的墨里，该要落一点铜和铁的锈才好吧，那种沉重和斑驳，是时间的锈迹，是苦难的血迹。那样的笔墨，提不动。

我独坐在深秋乡野的荷塘边，身边芦苇萧瑟，孤蒲枯黄。我眼前的荷叶，像是心意已定的禅者，昔日的好颜色不要了，楼阁殿宇样的莲蓬也不陪伴了，它们垂首静立在水中，在夕光里，以枯萎凋零，自度这剩下的光阴。曾经那宽大的叶，像一只贪婪的手掌，向上，向上，要阳光，要雨露，要微风，要花香，要万人的赏识，要世间的赞誉。现在，手掌收拢，放下。

秋荷是水上的行者。从荷钱小小，走到青枝嫩叶、花开婀娜，走到此刻。

我是岸上的行者。

我面对秋荷，像面对将老的自己。

石涛有一幅名为《行到水穷处》的墨荷，很有一种清淡野逸之趣，颇似我眼前的一池乡野秋荷。画的也许是夏荷，可是分明有霜气。

"行到水穷处，坐看云起时。"那云起，一定是在岁月波涛里颠簸、在尘世困境里突围，然后升华出来的轻盈无色的内心。

石涛也有一首题墨荷的诗："墨团团里黑团团，墨黑丛中花叶宽。试看笔从烟里过，波澜转处不须完。"

说的是作画理论，细想，又有人生之理。人生，活得太实，总归是笨拙昏沉的。空阔广大的地方，从来都是人影清冷寂寥。

石涛作此诗时，正是一个身着一领袈裟的僧人。

而我眼前，一秆秆秋荷，挑着低垂萎缩的荷叶，正像举着一领领赭色的袈裟。

能一日一日，寂静无怨地老下去，也是一种慈悲吧。

书法之冬

春和夏都很肉感，特别能喂养视觉。秋和冬，这两个季节似乎就是用来砥砺精神的，尤其是冬。在秋冬，肃杀和酷寒之气里，人似乎只能靠精神而活。

在冬天，人是内敛的，节制的，向内而生。向内而生，就静寂了，就有了禅味和圣人气象了。

所以，秋天宜相思怀远。

《诗经》里，写恋爱追慕多数是春夏季节。到了秋天，就是怀远了，可望不可即，人活得形而上。"蒹葭苍苍，白露为霜。所谓伊人，在水一方。"这样的忧伤，放在春天和夏天都不够清远悠扬。

冬天宜喝茶读卷下棋悟道，还有，就是侍弄书法。

书法应是冬季诞生的，我猜。你看那些线条，好像落光了叶子的树枝，粗粗细细，曲曲折折，或旁逸斜出，或肃严端然。这些冬日苍黄天底下的黑色树枝，被一抽象，一组合，就成了宣纸上黑色的字。

楷书端然舒朗，可匀匀透进日光，它是江南的山地上整齐栽种的桑。桑叶已凋，蚕已结茧。缓缓向上的山地上，只剩下这些行列整齐的桑树了，像日子一样简洁寻常又蓬勃有序。

行书是杨柳岸晓风残月，柳是冬天的柳，月是冬天的月，既风情飘逸，又有一种苍老与霜意。它有一种柔韧的骨感，又仿佛是旧时士人，身在江湖，心系庙堂。

草书，好像大雪来前，狂风一夜，山山岭岭的松枝都在一身怒气地舞着，在风里舞着，柔中带刚。古筝曲《林冲夜奔》听起来，就有一种野气和生气，像草书。

篆书是《诗经》里"风雅颂"中的"颂"，庄严贵气，深厚圆融，每一个字都像是在冬日进行一桩古老盛大的礼仪。或者是在讲述一个上古的神话传说，讲精卫填海，讲女娲补天，深具大气象。

隶书工整，透着方正平和之气，有些四海一统的意思。那横竖撇捺之间，很是规整，仿佛是说，服装统一了，语言统一了，度量衡也统一了，从此纲常井然，该放羊的去放羊，该织布的去织布。

古人真是太聪明，把那么多的事物和人情抽象成线条来——组合成为汉字。留下我们后人没事干了，干歇着又无聊，枯冬又漫长，大雪封天地，只好喝茶，下棋，练练书法，或者画画水墨，把那黑色的线条稀释延展开来，成为面，成为一纸江山。

如果说，各种娴雅之事也都有归属的季节，我以为，刺绣属于春天，书法属于冬天。戏曲属于春天，读史属于冬天。

刺绣属于春天，因为它绚烂明媚。冬天若是刺绣，太苦，苦到让人忘记了刺绣本身的美。

唐诗《贫女》里有句子："苦恨年年压金线，为他人作嫁衣裳。"这样的刺绣已是谋生，想必时时会被催要而赶工期，深冬腊月也要绣。

戏曲属于春天，让人想见两情相悦的美好。就像《牡丹亭》，因爱在春天死，还会因爱而生，迟早都是要相见的。

有一年冬天，路过一乡间戏台，见有红男绿女在台上逶迤走动，因了彼时的天寒野旷，我总觉得那演的是《孟姜女哭长城》一类的苦情戏，即使有欢颜，也只是暂时。好戏要在春天演。

冬天就留给书法吧！

在冬天，雪一下，天地就空了，人也生出了失重的虚无感。在这茫茫的白的世界里，能对抗的，只有黑色。当一页米白色的宣纸展开，一管羊毫喝饱了墨就动身——它迈向宣纸，那步伐，疾走是草书，漫步是小楷……每一根线条，或禅或道，都像是阅尽人世沧桑的人最后蓦然回首，转向内心寻找出路。

霜 气

一

霜一落，天地白，日子就枯老了。

我的江边小镇，这个北纬 31 度的江北平原，四季分明，光照充足，雨量充沛。尤其是，无霜期长——无霜期长，属于农作物生长的时间就长，想必农人和庄稼都喜欢无霜期长。无霜期的世界，蓬勃，日日更新，饶富活力。这是一个属于物质世界生长的时间。

但是，在漫长的无霜期之后，会有一段庄严凛然的霜期。

大多数植物，止步于霜门之外。在霜期，它们或者萎谢芳华，或者停止生长。比如，昨天还一身志气高高挂在枝头，在风日里炫耀果实的紫扁豆，一夜寒霜降临，叶子就彻底凋了，果实也溃败软烂，成为农人也不要的废物。

可是，总还有一些植物要穿越繁霜，挺过酷寒，到春天去开花。霜，是它们到达春天要经过的第一道森严关口，是它们锻造经脉风骨的砧与锤。

霜降之后，物质退场，精神世界开始向着另一种纬度，拔节攀登。

少年时，爱看繁霜覆盖下的白菜、油菜和冬小麦。当第一场寒霜覆盖下来，上学经过的那片油菜，就立住了，一个深冬，一直就抱着那么几片叶子。那几片叶子在霜里不断以匍匐的姿势，将叶片摊向泥土。油菜叶子的颜色，也在寒霜里不断浓缩沉淀，变成暗沉的深绿、墨绿，似乎掺着低眉思索的精神重量。还有那叶梗，伸手掐它，不太容易折断——霜让它们变得更结实。

可是，春天一到，油菜们就抬起身子呼呼地往上冲，新生的绿叶子汪汪地饱含汁水，和底下那些经霜的叶子相比，颜色迥异如两个国度，质地也不如老叶紧实。春天上学放学，经过日日蹿升的油菜田，透过那些新嫩的鲜叶，我常心疼那些还保持着匍匐姿势的霜叶。

我想，我最初读到的霜气，大约就是那些在春日里沉默在低处的庄稼的老叶。

在霜里，保持低姿态的植物，还有江滩上的芒草。经霜的芒草，叶子由黄变红，是一种很结实的红，有陶器的质感。少年时，冬天早上乘车到县城上学，车行江堤上，远远俯瞰堤脚沙滩上成片成片的芒草，在白霜与水汽里，仿佛残存的古陶遗址。

不是所有的生长都时值和风丽日、斜风细雨。总有一些植物，是带着霜气，度春秋年华。那些霜气，渗透生长的经脉，慢慢成为它们身体里那一段低沉的音乐，那一块深沉的颜色，那一截紧实坚硬的骨骼。

霜气，让一棵植物向内生长，追求内部的丰饶，内部的重量。

在乡间，有许多事情，必要等到下霜之后才能开始。霜，让许多事情有了神圣的仪式感。

菜园里的雪里蕻长得茂盛青碧，可是母亲不砍。母亲耐心等，翘首等，等下霜。母亲说，下霜之后的雪里蕻腌了才好吃。似乎，秋天的好风日里生长的雪里蕻，虽然体貌俊朗，但是内在气质不够，总要等一场霜下来，紧紧菜的骨肉，收收它的尘俗气，一棵植物的冬之韵味才激出来了。

是霜，敲打出它们的冬之韵味。

世间好物，除了拥有春之希望，夏之蓬勃，秋之丰硕，一定还要有属于冬的那一种静默，那一种凛然，那一种寂然自守。

霜里的柿子，挂在枝叶尽凋的苍黑枝干上，耀眼得胜似万千盏灯笼。那样的柿子，入口冰凉，有深长的甜。秋天从沙土里挖出的红薯，味道并不佳，我们江边人不急着吃，把红薯放进地窖里，等微微的低温让红薯把身体里的淀粉慢慢转化成糖分。在霜重风冷的冬日，取出经过静思禅修的红薯，红薯味如雪梨。

在冬天，放学回家吃午饭，母亲端出一盆炒白菜。寻常白菜，噗噗冒着白气，入口却有谷物一般的甜糯——这是经过霜的白菜，味道丰富得像图书馆。

二

霜就是霜。霜不是雪。

雪是可以飞的，它从玉宇琼楼处来，生命里有一段曼妙高蹈的旅程。雪是王子公主莅临民间，自带贵气。

霜没有身份。霜自生于大地，是在低处流浪的水汽，遇到了寒，遇到了一日更比一日的降温，无处可退，无处可委身，于是身体涅槃开花，成了霜。它是草莽出身，它无有门第背景可炫耀。

在乡间长大的人，大约都有过一段十来年踏着晨霜上学的经历。

"鸡声茅店月，人迹板桥霜。"这样美的诗句，其实，不过是农村的寻常情景。少年时，寒冬上学，双脚踩踏过的何止板桥霜，还有泥土沙路上的霜，青石板上的霜，枯草上的霜，田埂上的霜。我们在乡间的早晨，在寒气里追逐奔跑，脚下飞霜。

有时，在布满繁霜的草坡上走路，一不小心，就会摔个跟跄，人倒地一个滚打，爬起来也已经是一手一身的霜了。清晨的空气，在繁霜与晨光的熏染与照耀下，冰凉通透，还泛着菌丝样的茸茸白光。我们呼吸，吐着白气，吸着清洌晨气，呼吸之间，像是把自己与晨霜雕琢的世界进行交换，换回来一个低温的莹洁的玲珑的小人儿。

那时上学，最爱的是穿过广阔的田野。空旷的冬日稻田，平坦而柔软，像褪了衣衫的母亲的腹肚。稻子早已归仓，秋天播下的紫云英，才只寸把长，它们顶霜匍匐在泥土上，一脚踩上去，蓬松得让人觉得脚底像是长了毛。一大片一大片戴霜的稻田，静寂，洁净，令人如登仙境。我想，仙境的地面一定是晨霜似的茸茸平白，又广博空旷。仙人们不说话，只静静地走路，脚下无尘，每一步下去，都无脚印。当旭日高升，普照大地，一朵朵霜花在初阳里蒸融消失，仙境就变成属于我们的喧哗人间。

人在少年，走在霜路上，那时未知世事，只觉得下霜的日子，也是热闹的。

踏着晨霜，穿过田野，走过蜿蜒河堤和曲曲折折的田埂，便到了学校。教室里似乎也弥漫着霜气，一室的乡下孩子，个个鞋底裤脚，还犹挂细小霜花。大家掏出语文书来读，读到"可怜九月初三夜，露似真珠月似弓"，心里便无端觉得冷寂，哀怜不已。其实，诗句里还只是露水季节，时令还未深，白露尚未成霜。

人到中年，课堂上带学生读李贺的《雁门太守行》，读到"半卷红旗临易水，霜重鼓寒声不起"，心里一时沉重哽咽。在中年人眼里，繁霜之下，世界其实苍凉。霜重鼓寒，多少路，是在险绝艰难中突围出来的。

三

到中年，常暗暗敬重那些带霜气的事物。

秋冬之交的残荷，最见霜气。那时，池水枯落，细细的波纹里，荡漾着一个不断消瘦、渐行渐远的世界。那些枯干的莲叶，或是破败似行脚僧的袈裟，或是皱缩成穷苦老妇的脸。那些瘦骨嶙峋的苍黑荷梗，细长伶仃，横竖撇捺，令人想起瘦金体——写瘦金体的宋徽宗困在北地风雪里，"家山回首三千里，目断天南无雁飞"。

见过许多幅枯荷图，大多都喜命名"十万残荷"。画有高下，只是心每次都会被这命名给钝钝撞击一下。十万残荷，十万，残荷，是十万吨的胭脂红被掳走了，十万吨的水粉白被劫掠了，还有十万吨的青罗绿缎被搜尽了，十万个少男少女的青春芳华被踏碎了，十万座温柔富贵乡被攻破了。每次站在残荷画前，都像站在秦砖汉瓦的残垣断壁面前，仿佛看见屠戮，仿佛听见哭泣与低沉的哀号。那些曾经意气风发的荷们，现在折戟沉沙，集体阵亡，含恨交出国度，给了水，给了天，这是怎样一种悲剧啊！

已故诗人陈所巨有篇美文，叫《残荷》。不长的文章里，他感叹："残荷不再美丽，不再青春勃发……人说，残荷老了，生命留给他的大概就只有怀旧、忏悔与叹息了吧。"在寂寥的冬夜，我一个人，一边泡热水脚，一边听寒白读《残荷》。窗外冷风呼啸，遥想故乡的池塘上荷影隐约，便觉得小屋的灯光与书卷，处处都覆上了枯荷的霜气。

霜冷了。冷了老城，冷了江乡，冷了长路与客心。

每一个生命，都有走到残荷的时候。这是属于我们每个人的悲剧美。

朋友画荷，画的多的是夏荷。

那些墨色夏荷，浓浓淡淡的叶，层层叠叠，高高低低，以群居的状态熙熙攘攘地存在，像一群少年春日里放学归来，一身的蓬蓬朝气。朋友的夏荷，是青春的，明媚的，带着些洒然与自得，甚至有清脆的铃声叮当。

很少见到能把夏荷画出霜气的。

从前买过一本金农的画册，画册里有一幅荷叶图，一枝荷叶，墨色冷寂，在一朵莲花之下，大如玉杯，仿佛里面盛了冷香，盛了一生的霜。那荷叶与荷花，还有最下方的一朵嫩荷，在米黄的纸上，婆娑相扶携，有一种拙感，一种滞涩感，一种黄昏感。我看了，心里凛然一惊，原来在盛夏的接天莲叶之间，还有那么一两片叶子暗暗起了霜。那是精神世界的霜。

大约，也只有金农，能把一枝青叶画出旧年旧事故国故园的霜气。有人说金农的艺术是冷的，他是"砚水生冰墨半干，画梅须画晚来寒"，他是一生冷艳不爱春。

我常想，这样霜气的青荷，一定要在泛黄老宣纸的毛面去画吧，运笔不那么畅，一折一顿，恰似一步一坎坷的人生，末了，还要用上欲说还休的几笔枯笔。这样的霜气，透着距离感，有疏远、冷落、节制、清醒的意思。

朋友说，他画了太多荷，可是很难画出金农荷的那种霜气。在省城某座艺术馆的一个展厅里，我欣喜见到朋友有一幅荷不同于他的其他众多荷图。这幅荷里，难得见出一种霜气，一朵红色小蕾将开未开，而小蕾身下是一枝荷叶拦腰折下身子，昔日圆盘似的叶面已经枯皱成锈蚀的铜钟——那是秋荷，墨里添加了一点赭石。借助赭石，略略讨了点巧，将水墨画里揉了一点西洋油画的技巧，使得秋荷的斑驳枯老有种金属般的重量。

画出霜气，不只是靠墨靠色靠技法，还要有浩浩大半生的风烟岁月做底子。

敬重霜气，那是直面和认领人世的空旷和寒气。生也有时，败也有时，尘世间的霜，懂得默然去品之味之，这是中年人的胆气。

在清寒的冬日清晨，出门远行，呵气成霜，天地飞白。一粒人影，小如尘芥，也大得可顶起一轮朝日。

大 寒

天冷，冷到直见本质。没有指望，没有退路，便是大寒。

大寒之际，往往有奇景。屋檐下的冰凌挂得万箭齐发，冬的肃杀，在于处处有兵戎相见的凛冽之气。

我怕冷。可是，又觉得大寒天气，实在快意。世界非黑即白，万物非死即生，没有模糊地带。

记得童年时，深冬天气，宅在屋子里，烤火，听门外的风声雪声。坐不住，心里像有一支军队在招兵买马。那时我总会趴在窗子边，或者透过门缝，看天地荒寒。彼时，田野空旷而静寂，水边的林木脱尽了叶子，只剩下嶙峋苍黑的枝干挺立在无边的寒气里不言不语，它们又孤独又勇敢。我看着空旷的林野，想着世界如此辽阔，哪一条路是我走向远方的路呢？哪一条路是最先走进春天呢？

上学，我经过长长的河堤，冷风灌过耳畔，灌得浑身冰凉。我想，我若往河堤边一站，也是一棵寒树了。这样想着，一路所遇的那些萧萧林木，都成了我的同类。我们同在人间，顶风冒雪，把骨骼放在寒冷里锤炼。

最痛快的是一场肥雪倒下来。万里江山，都是雪的江山。我们看的是雪，说的是雪。我们在雪地上走路，又披一肩白雪回家。我们哈着热气，在门前打雪仗，手和脸都冻得通红。我们成了雪人。我们是白雪生的，终要在天地之间磨一磨骨骼，看是否锋利。

有一种人生，也是大寒的人生。

海派画家吴昌硕酸寒大半生，到六十多岁之后去上海，生活才渐渐有改善，他的书画也才真正在上海立稳了脚跟。这之前，他逃过难，要过饭，在五年的逃难生涯里，他患上了伴随他一生的肝病和足疾。战争结束，他逃难回家，家中亲人俱亡，母亲连一副棺材也没有就被草草埋葬。他原是寄望于仕途，光耀门楣，奈何只是做了酸寒尉。他四十多岁时移居上海，意欲以书画养家，可是门庭冷落，只好草草又折回苏州。

半个多世纪的苦寒，像一片冰封的辽阔大地，每一步，脚下都是寒气。这样的寒，真让人绝望。这个从苦寒里爬出来的人，羊毫一抖擞，估计都能掉出许多冰碴子来。可是，还是要画。骨头冻硬了，只剩下站立这个姿势。

晚年，他苦寒的人生才有了一抹暖色，他成了画坛领袖。他画梅花，梅花娇艳却清冷；他画牡丹，总会在牡丹旁边立几根片叶不着的寒枝。还是褪不尽那一点寒气。明明是春天了，羊毫里还动辄是倒春寒。

朋友在微信里跟我聊天。他遭小人暗箭，很受伤害。我印象中的朋友，是一个谦谦君子，随和、善良、低调，喜欢读书，喜欢思考，极具涵养。朋友说："我这一年，心灰意懒，跟人说吧显得矫情，不说又心上实在委屈。"我不知怎样安慰他。我说："我身在低洼之处多年，诸番酸辛滋味尝尽，我把这当成是上天检验我的修行。"不是自视境界如何，实在是，只有当作修行，才能低眉度这漫漫蜷缩光阴。

黄梅戏《女驸马》里唱："公主生长在深宫，怎知民间女子痛苦情，王三姐守寒窑一十八载……"到鸡年岁末，我在这个滨江小镇，刚好教书一十八年。青春在江风中，一年年，散尽了。

唯是知道了，人间还有大寒，这节气。

或许，大寒之下，方见大观。一如我早年所见的，那些从不雷同的雄奇林木和茫茫雪野。

第三辑

人散后，剩下戏

《桃花扇》：苍凉与剑气

读《桃花扇》，实则是读一种英雄末路的雄浑与苍凉。读一种剑气，读一种骨力，读一种大写的悲壮人生。

戏里，跟香君光彩相映的人物，不是侯方域，而是烽烟滚滚里坚守前方的几个武将。左良玉，史可法……他们和香君一起，为青瓷坠地的末代王朝，共奏一段铿锵之音。

读左良玉，读不尽英雄沦陷于困境的寥落和悲伤。"家散万金酬士死，身留一剑答君恩。"人生至宏大也至简单，不过是为义为恩。巧妇难为无米之炊，英雄也是啊，无炊，养不齐军心。眼看着敌军豺狼虎豹乱如麻，他这里，正展开腾腾杀气欲收河山，却被粮草拖了后腿。一边厢，半哄半骗敷衍士兵，一边厢，急急遣人去江西筹措军粮。只让人叹，这打的是什么仗啊！大才大志的人，尴尬在一地狼藉的现实面前。真想为英雄们一哭。

可是，英雄不为自己哭，英雄《哭主》。第十三出里，军粮之困已解决，左良玉正要在黄鹤楼设宴，饮酒看江一吐英雄气，不想北方来了消息：流贼北犯，圣主崇祯缢死煤山。釜底抽薪之痛啊，这么多年，坎坷颠簸的军旅生涯，靠着"答君恩"的那一点信念支撑自己，白发浊酒地守护大明的河山，如今江山已无主。于是撤宴，面朝北方，哭祭先主，滔滔长江水，都作了英雄泪。这样的人生，一步一悬崖。

史可法也一样。虽无粮草之忧，可是，部将内讧。贼寇如江水涨潮，眼见着将渡黄河，汤汤地涌向中原来。史可法的营帐里，江北四镇主帅共商防河大计的会议上，不是众志成城，不是同仇敌忾，而是为争首位，闹闹腾腾，同室操戈。在史可法这里，一头是主，圣主已亡；一头是军，军心已乱。英雄卡在国亡山河碎的命运里，依然守着信念，独自苦撑，成为孤臣。《拜坛》里，崇祯皇帝的忌辰，南京太平门外设坛祭祀，马士英阮大铖之流，借着祭祀的由头，一路喧哗游春而来，唯有史可法哭得深切："万里黄风吹漠沙，何处招魂魄……"孤臣哭亡君，同是天涯，人生的大苍凉到此已是决绝处。

哭过，还要着战袍，还要提宝剑，还要为忠君的信念而战，直至而亡。《誓师》和《沉江》里，史可法率三千子弟死守淮扬，抵抗北兵，直至溃败。按说，忠君大业至此可以收梢了，可他不，他还要渡江去南京，去保南明的天子。只是，天子也已弃京而逃。日暮途穷，他终于决定，不再于茫茫乱世中去捞一个逃难的天子，他不捞了，他决定沉江。万里江山，总有一处茅檐可寄这蜉蝣尘芥一般的身体，只是，一腔热血信仰已无处可寄。他选择沉江，生为信念，死，也要玉碎。人生，活的就是一股慷慨意气。

读《桃花扇》，原来不是读才子美人，而是读末路英雄。读一种有立场的人生，有所守，有所弃。这样的人生，即使苍凉，但有剑气，有重量，读起来过瘾。

《桃花扇》：乱世爱情，薄如糖衣

《桃花扇》写爱情，只把爱情当是一个切口。借这个小小的爱情切口进入，江山，兴亡，纵横跌宕的大戏，一节一节给带出来了。

戏文里，写侯方域和李香君的爱情，写得节制。一柄宫扇上，血溅的桃花几点，略略勾连，像他们的爱情，散散淡淡，就那么几笔。这样的爱情，薄，缺了小情小调来丰满。

香君的妈妈李贞娘一直想给女儿找个有才有家世的公子爷，托人留心给引引，果然引来侯方域。《访翠》里两人第一次见面。那天，侯方域清明踏青，想起友人常提到李香君貌美才精，于是起了兴，寻到秦淮河边的媚香楼。香君不在家，在卞玉京家做盒子会。所谓盒子会，实则就是，这一天妓女们不见男客，聚在一处斗斗琴艺，顺带着比比美貌，尝尝美食。说书的柳敬亭陪他来到了卞玉京住的暖翠楼，不让进，于是就在楼下"听"一回美人。听美人吹箫。听得内心摇摇荡荡如秦淮河边的柳丝。还好，斗艺一番后，李贞娘偕香君中途离场，破例下楼，陪一帮才子行令喝酒。酒桌上，柳敬亭现场做媒：你们一对儿，吃个交心酒何如？羞羞答答，交心酒未吃成，但迎娶之事倒是快快议定，择定十五日，请上客和友，奏乐迎亲，直奔主题。月上柳梢头，人约黄昏后，那些小调调都给省略掉了。

这一场爱情，难得的一处温柔绮丽，大约是《眠香》了。喜宴上，饮酒作定情诗，诗题宫扇上，作订盟信物。佳人捧砚，才子题扇。江南红紫千朵万朵，还是我家这一朵最娇艳，欢喜里自有得意。爱情在这里，花开灼灼，不能转身，一转身就凋零。

阮大铖赠的妆奁被香君退回之后，一场复社文人和魏党之流的拉锯大战序幕拉开，敌进我退，于是有了《辞院》。阮大铖诬陷侯方域与左良玉勾结意图占取南京，马士英命人访拿侯方域，逼得一对鸳鸯遭离散，侯方域从此高飞远遁以避祸。

真是佩服作者的笔力凶狠，从此在侯李二人之间安下大片大片的空白和险峻：一个随了军远走，一个空守着媚香楼。好似万顷混浊的波涛隔着两人，辽阔而动荡。且各自，生死不知。

关于侯方域，无论是投身在史可法的营帐下，还是后来随高杰移防去了河南，烽火路上，我读到的是一个男人在实现人生突围中所遭受的辗转奔波和苦闷无奈，而思念香君的细腻和柔情，那么淡，淡到几乎笔墨中不提。也许不能怪他。满目风烟，世路艰难，乱世爱情，一叶漂萍载不动啊。

于是，他把思念丢给了她。二十三出《寄扇》里香君说相思："哪知道梅开有信，人去越遥；凭栏凝眺，把盈盈秋水，酸风冻了。"爱人杳然，妈妈也代嫁远去，顾影自怜，萧条冷落，菊花开了也只能独自来赏。她对抗的不只是恶仆盈门，还有这无边的寂寞和孤苦无依的仓皇。她的音乐老师苏昆生答应替她送信给侯方域，只是展纸弄墨间，家书却无从写起，罢了，只将订盟的信物——宫扇一柄，托苏昆生转给侯郎吧。落到实处，也只有这一把宫扇可寄了。他们之间，在针线细密的生活细节上，交集得很少。

是的，他们共有的时光，太薄。匆匆相识，短短相处，又匆匆离别。乱世克扣爱情。

国破之后，侯李两人意外重逢，我心窃喜：好了好了，终于能团圆了，分丝从此合股，结结实实在一起。哪知这欢喜只有两三行：人群面前，相思还未道尽，各自即已出家。总觉得《桃花扇》的结尾用笔有些硬了。"借离合之情，写兴亡之感。"如此仓促地奔向主题。主题先行的作品，在这里不讲小人情。道士张瑶星呵斥这一对小男女："你看国在那里，家在那里，君在那里，父在那里，偏是这点花月情根，割他不断吗？"说得历经离乱久别重逢的这一对冷汗淋漓，兀地收了情欲，直挺挺杵在了亡国之恨里。

我每读这样的结尾，总以窄小的妇人之心度之，替这一对乱世男女叫屈：非得要这样吗？共剪花烛，携手归隐林泉也很好啊。王朝兴衰，不过是流水宴席，此宴散了彼宴开，而小老百姓的小日子，永远要继续。继续下去。

可是一想，是我偏题了，人家作者在这戏里是写兴亡的啊，宏大叙事里，爱情的花好月圆自然要侧身让位于志士们的家国之恨。这样的爱情，是薄薄一层糖衣，可以说不尽兴，也可以说是大尽兴了。乱世烽烟，王朝兴衰，都作了爱情的底子。

其实，哪一场爱情的甜蜜不是药片上的糖衣呢？糖衣之下，是思念的焦灼，是患得患失的不安，是爱情之后细水长流婚姻里的拖沓、琐碎、灰暗……可是，即便是那薄薄的一层甜，也够回味一生了。

去南京，会去秦淮河，去香君的故居媚香楼。想象当年，院中桃花开如美人，一朵一笑，笑缤纷。

李隆基：爱一程，伤一程

　　帝王之爱，像江湖郎中卖的无良药。疗效温暾，毒性凶猛。

　　读《长生殿》，看李隆基爱杨玉环，爱一程，伤一程，跌宕起伏。

　　第一出《定情》。美人出浴，丰姿千状，看得皇帝临时起了兴，上床之前还要赏月夜游。宛如一个馋嘴的孩子，抱一个苹果在嘴边，不啃，先舔一舔表皮上的香气。"（生）花摇烛，月映窗，把良夜欢情细讲。（合）莫问他别院离宫玉漏长。"读后心里一疼：奢华的爱情，从来就这样残忍！这边厢，李杨二人春宵苦短；那边厢，梅妃旧人永夜难度啊！爱情和江山一样，今日姓李，明日姓赵。哪有多少长久！可是世人断不掉痴念，还要长久，还要定情：赠她金钗和钿盒，钗不单分盒永完。

　　《春睡》最香艳。皇帝朝罢来看美人，美人春睡未起，揭开绡帐看去，美人睡得脸飞红云，既娇且憨。一团爱意春雷一般打心底滚过。女人的睡态最撩人。《金瓶梅》里，西门庆深喜李瓶儿的肤白，于是潘金莲故意将自己满身搽粉，涂得白白，午间卧在床上，穿得好少，假装睡着，勾引西门庆。西门庆来了，看看，又走了。读后替潘金莲怅然。《长生殿》里，李隆基没舍得走，惊醒了美人之后，等她起床梳洗打扮，一起肩并肩去看牡丹。

我以为爱情可以一直这样急管繁弦地热闹下去。哪知恩爱似春天，春来春又去。春天好短！

游曲江，叫上玉环的娘家人，罗绮缤纷。到了曲水边，玉环的三个姐姐中只单留了会描眉的虢国夫人入宫陪宴，韩、秦两国夫人赐宴于别殿。叫人读了心里七上八下的，果然有蹊跷。《傍讶》里，连高公公都生了疑。细细一打听，才知道昨日的酒宴上，寡妇姐姐和皇帝妹夫暗自勾结，结了同心罗带。回头，做丈夫的没有羞愧，反倒还怪妻子不留那个擅描眉的姨子在宫里，好继续鬼混。连姐姐也怪自己的妹妹性情不好，日后必有不测。果然言中了！他不是爱人，不是丈夫；他是男人，他是君王。他将她退货丞相府。屈辱、悲伤不提，还要折下腰身来，剪一缕青丝，托高公公转赠君王，才扭转了局面，复召入宫。

外人好对付，如梅妃。难对付的是自己人，一个是姐姐，一个是丈夫。复召入宫后，想必姐姐和丈夫眉来眼去的事还会有，只能睁只眼闭只眼了。

破镜重圆，和好胜初。她梦中闻仙乐，醒来制曲谱，翠盘上为他跳一支原创的霓裳羽衣舞。抓住男人心，靠色相还不够，还要靠才艺。以为有了霓裳舞，可以压掉梅妃的惊鸿舞，一辈子得专宠。哪知道怕什么来什么。第十八出《夜怨》里，一转身，美人沦作怨妇。他私封珍珠一斛给梅妃，跟旧人重续旧情。爱情从来就残忍，有我就没她，哪里可与人共享呢！

他总是这样，爱她一程，然后补上一刀。像药农采集杜仲的树皮，由它流汁流泪复原，再来一刀。

闹了一回小别扭，哭哭啼啼，做做分手的样子，重赢君王心。华清池里鸳鸯浴，分不开如刀划水。直到七夕密誓，跌跌撞撞的爱情回光返照一般，迸出了最凌厉的音符：在天愿作比翼鸟，在地愿作连理枝。音调拨得太高了，担不起，只有弦绝。到二十五出《埋玉》，逃往蜀地途中，六军不发，哄哄吵着要处死祸水杨贵妃。江山和美人，第一次同时摆在面前，是单项选择。他选择了江山，他不是华清池里跟她鸳鸯戏水的三郎，他是皇帝。

洪昇在《长生殿》的后半部里，不厌其烦地写铃声雨声梧桐叶里的风声，来铺排来咏叹，一个老男人的愧悔和思念。甚至胡诌出织女和嫦娥出面，为李杨重续前缘，如此努力敷衍一个励志的结尾：大团圆。手法太温柔了！大约也无法可想：不团圆，场下的观众就不散；不团圆，就要劳烦后人写续集，直写到团圆为止。是我们的审美习惯使然，还是我们胆怯，不敢直见男人心，总以为每个负心的男人到后来都会后悔？我们需要敷衍一个温暖而虚幻的结尾，去焐一焐我们毫无传奇的人生。

杜丽娘：她是孤鸿，自舞自沉醉

爱情的梦，谁都做过，是杜丽娘做得太较真了。读罢《牡丹亭》，怅然不已。只觉得这一场爱情，是丽娘自己酿造的一坛老酒，醉了自己，也醉了观众。但，与柳梦梅关系不大。

她游园做了一场春梦，梦罢，那个人走了，那个人去追寻他的功名利禄去了。只有这个痴情的姑娘，在为春梦纠结，要结果。

落花惊醒春梦，杜丽娘从此怏怏，放不下心里的人。翌日朝起，偷着空儿再去花园里，看看垂杨，看看榆钱，复又想起那些香艳缠绵的片段，于是怀人伤春。丫鬟春香除了陪着哭泣两句，哪里懂得她的情意！从此她将在自己的世界里，孤独地启程，越走越远。而柳梦梅更远，隔着时间，隔着空间，远不能到达来抚慰他的相思。

为相思而衣带宽。只叹，花开一般的容颜，独缺那画眉人，于是提笔自我描画，留下一幅青春掠影。亭台山水做背景，烘托一位手捻青梅的女子，青云出釉一般，净洁美好。

还要题上诗句："……他年得傍蟾宫客，不在梅边在柳边。"自忖，将来要嫁的男子，不在梅姓人家便在柳姓人家了。这样针线细密地铺垫，为他日的相逢！原来，人世间的遇见，一种是靠缘分，一种要靠自己谋划啊。

她把自己的爱情演绎成一道填空题，只等他一脚踏进来，至此，成就一个完整的句子。画毕，想想人家有情人可寄，自己寄谁呢？我有一缸如蜜的岁月，谁与我共执一勺，彼此相濡相喂？

青春的前半场，爱情于她，是一场独角戏。

我和她一样，盼着那梅边人柳边人早日来到，拾起那埋在太湖石下的写真，解开她为他早早安下的爱情的悬念。待到落魄书生柳梦梅有一天一头撞进道观里来，我真的好失望。他一身泥一身水莽莽撞撞的样子，不知道杜丽娘亲见了，会作何想。更令人失望的还不在此处。

《冥誓》里，杜丽娘已来到房里，两个人谈婚论嫁之间，柳梦梅问起杜丽娘的姓名来，他目睹杜丽娘风神姿态俨然仙女，内心竟忧惧不安。"薄福书生，不敢再陪欢宴。尽仙姬留意书生，怕逃不过天曹罚折。"他担心她是仙女，因此不敢厮混下去，怕的是遭受惩罚。在他心里，居高位者是不可冒犯的，有些界限是不可逾越的，一旦涉及自身生死安危，爱情抑或女人都可以放下。他这样圆滑世故，懂得遵守规则，懂得自保不轻易去碰高压线。

有一天，爱情款款来到，张口结舌的我们，怎么愿意承认，翻越万水千山而来，我和你却依然身处河两岸。《欢挠》里，杜丽娘的鬼魂第二次来到柳梦梅处，二人相会，应是卿卿我我地诉一番衷情才是，但事实是，两个人的谈话不在一个调上。"（旦）……为什么人到幽期话转多？（生）好睡也。（旦）好月也。消停坐，不妒色嫦娥，和俺人三个。（生）无多，花影婀娜。劝奴奴睡也，睡也奴哥。春宵美满，一霎暮钟敲破……"显然，她想表达内心，趁着美好的月色。但柳梦梅是不想听她抒情的，他想的是两个人赶紧睡觉。在杜丽娘这里，爱情是河这岸，清风晓月，执手陌上看花缓缓归。在柳梦梅那里，爱情是河那岸，千军万马，血脉偾张塞上围猎，沉溺于掠夺与占有的狂欢。

说到底，在同样的爱情舞台上，杜丽娘是世外看花人，柳梦梅是红尘酒肉客。她是水，他是泥。她是云，他是尘。

丽娘的形象比柳梦梅灿烂明艳，在于，她有格调，她更渴望精神上的彼此对话与呼应。但柳梦梅没能也不会帮她实现，他在尘埃里，只能目送孤鸿远去。

她是孤鸿，自己飞舞，自己沉醉。

杜平章：中年的宏大叙事

少年时，踮脚看中年风光，只觉遥遥的，尘气莽莽然。心生忧惧，怕到中年。

近中年时，读《牡丹亭》，读到杜丽娘的父亲杜平章这个人，心里凛然生惊。他把中年岁月过得天高地阔、铿锵有声，也将一本香艳软糯的《牡丹亭》给撑起来了。齐家、治国、平天下，一个传统文人的风骨，于花团锦簇的爱情间隙，赫然可见。

"几番廊庙江湖。紫袍金带，功业未全无。华发不堪回首。意抽簪万里桥西，还只怕君恩未许，五马欲踟蹰。"中年人，卡在这个点上，岁月半老，事业已有建树，可是，想退出江湖太难。只能继续往下走，背负该背负的一切。人生是长长一段跌宕起伏的叙事，中年刚到了高潮，只能紧锣密鼓，只能慷慨激昂。

最喜读《劝农》这一出，那分明是一幅清新得犹有露水香的风情画。于整出大戏看，《劝农》这一场，情节不险峻，有一咏三叹的古风与优美，像是秋千在荡向最高处之前所呈现的悠然与舒缓。"乍晴膏雨烟浓，太守春深劝农"，杜太守为官勤勉，春日出城劝老百姓紧跟时令及时耕作，不可抛荒游懒。"红杏深花，菖蒲浅芽。春畴渐暖年华。竹篱茅舍酒旗儿叉。雨过炊烟一缕斜。"这么多这样美的景物描写，衬托着中年的一场人生叙事。劝农，简直像采风！高兴之余，换个调儿继续唱着叹着：你看山也青，人在山阴道上行。春云处处生。风景美，风情更美。山水清明，官吏清廉，民风淳朴。田间路上，田夫出粪，牧童放牛，蚕妇采桑，茶农采茶。绿荫深处，劳动的歌声三声两声，此起彼伏……这才是江山俊美如画。

人生怎会处处得意！杜太守也有遗憾，那就是无子传后。但是，他能撇去个人生活里的小遗憾，走出庭院，走出办公室，走进乡村走近百姓，去建设大场面大境界的政治生活。一个人，大约只有到了中年以后，只有到了他的心胸拓宽到闺阁与考场之外的时候，才会懂得，山水清明之后的社会清平才是大风景大气象。这是中年人的深厚和宏大。

读到《移镇》和《御淮》，中年人的苍凉与苍劲，尽入心底，只想揾泪一叹。"砧声又报一年秋。江水去悠悠。塞草中原何处？一雁过淮楼。天下事，鬓边愁，付东流。"归隐无望，中年丧女，复从南安辗转调到扬州，又逢敌患围了淮阴城。这样的中年啊！靖康之后，放眼望中原，万事伤心。这样的中年！

山河破碎，人心浮沉，悲叹之后，还要直起腰杆挺进，挺进。叛军李全将淮阴城围了七周遭，意欲将它围成个死城，杜平章命令士兵打开缺口，舍死冲入城内，以解围困。入城后，了解军情，安抚军心，泪洒孤城，暗祷苍天，死命硬撑着，等待援军的来临。每读到这里，便想起宋词里的豪放派，想起辛弃疾的"四十三年，望中犹记，烽火扬州路"，想起范仲淹的"浊酒一杯家万里，燕然未勒归无计。"

读杜平章出场的折子，觉得快意，酒酣胸胆尚开张的快意。我要感谢他的出场，让杜丽娘有一个一身硬气和豪气的父亲。感谢他的出场，让戏里的一座淮阴城没有沦陷，也让我们读者的眼睛和骨头没有在温柔绮丽的爱情里沦陷。

回想少年时，陪母亲看戏，一看到老生出场，喋喋不休地喊，就恼恨，盼着身着红襦绿罗裙的小姐快出来。如今，常常一个人在家里听戏，寻老生的唱段来听，高昂的，苍凉的，雄浑的，大气的……美人可爱，爱江山的人，可爱可敬。

勤杂工们的小生活

读《牡丹亭》，难忘那些勤杂工们，觉得他们身上有光芒。作者可敬。写才子佳人和江山破碎亲人别离，也不忘勾画这些小人物们的小生活。

花郎，职业是侍弄花园。杜家的花园里草木纷繁，有牡丹、芍药、垂杨、榆树……浇水锄草，可忙可闲。花开后，折下新鲜带露的花儿，送给夫人和小姐，这事不忘了就行。他也偶有不规矩的时候：偷了花儿上街去，骗些酒喝。这是小人物的可爱与狡黠。《肃苑》里，后日小姐要来游园看花，春香来吩咐他打扫花径。花郎嬉皮笑脸，不免和春香打情骂俏地挑逗一番。我一直羡慕花郎的差事，晒晒太阳浇浇水，看看花开，喝喝小酒，卖点乖调点情……这日子荡悠悠的，过得舒缓有兴味。

陈最良，杜丽娘的语文老师，教她《诗经》。小人物里，他的出镜率最高。

总觉得他活得粗糙，有时读着读着，想要同情起他来。多年的秀才，总是不能晋级考上举人。"咳嗽病多疏酒盏，村童俸薄减厨烟。"《腐叹》里，第一次出场，寒酸病穷。教书不成，改行继承祖业，开药店。儒变医，境遇每况愈下。腐儒今遇喜事：杜老爷下贴请他教小姐读书，从此饭食不愁。只是谁会想到后来小姐为春梦而亡呢！陈老师再次失业后，回家继续卖药。命运这样颠来簸去，他似乎没有太多的凄凉，不知道是否已麻木。《肃苑》里，小姐因为伤春了，要游园排遣春愁，春香去请假，陈老师回说：春香，你老师我都活到六十来岁了，一把年纪都不晓得伤个春游个园，这就是你们的不该了。读到这里，感慨不已，一个读书人，伤春悲秋都不会，心思粗糙得简直不可原谅。

读到《旅寄》，才终于领略到陈老师的风雅。杜丽娘死后，失业的他大雪天出门，意欲再寻书馆教书，路上遇到跌跌撞撞的柳梦梅。同是天涯沦落人啊，陈老师扶柳梦梅打算去梅花观歇息。柳梦梅问还有多远，他伸手一指，回答道："看一树雪垂垂如笑，墙直上绣旗飘。"喜极了这一句里的"垂垂如笑"，人生颠簸沦落至此，下一顿还不知道在哪里，他还能看到雪压梅枝时梅花微"笑"。他是个心里揣有光的人，这样的人，不论自己境遇如何，总能处处传播正能量。

石道姑是个不幸的人。一个阴阳人，勉强嫁出去，新婚之夜云雨不成，青春徒然。后来丈夫另讨了小老婆，小老婆渐渐得势，挤走了她，于是出家当一个道姑。生逢不幸，没有好姻缘，也不嫉妒别人的好，倒去成就了别人的姻缘。协助柳梦梅掘坟，扶起睡了三年的杜丽娘，帮着寻药调理。陈老师给配了一服烧裆散，说是治妇人的鬼怪之病，很是诙谐。调理好了杜丽娘，在柳梦梅的央求下，又做了个现成媒人。不抱怨，不强求，不把人生看成一个讽刺，自自然然过着自己的生活，也成全着别人。

春香是一个不断成长的角色。《闺塾》里插科打诨，活泼调皮，那般无邪。小姐春天贪眠了，春香挨打；小姐害了相思病，春香一样挨打。但是这打里，只听到呀呀的叫，看不出疼痛和伤心。到杜丽娘死后，伴同老夫人离了南安去了扬州，老夫人揣测老爷有娶小之意，心里忐忑，跟春香闲谈。春香劝她，将庶出之子当作亲生，好比是无子也有子了。到这里，春香作为一女仆，不仅长大了，而且识事明理了，她和主子间的距离，也越走越近，成为亲人。人这一辈子，有人为爱情而活，有人为使命而活。春香为使命而活，柳梦梅的家奴郭驼也是。

《牡丹亭》里的这些勤杂工，这些小人物们，以他们的点点光彩，演绎着人间的热闹与琐碎生活的生动。让我们温暖，让我们感动，让我们想到我们自己。我们也是勤杂工，是小人物。第五十五出《圆驾》里，所有的小人物登场，与男女主角一起相聚在天子朝堂，这是戏里的大团圆。人世间，地位显赫者，与勤杂工们一起，各怀使命地生活在清平之世，这是人间的大团圆。生旦净末丑，都在。

肃　苑

秋雨之后，出门，见一老伯提了扫帚在河堤上扫树叶。

才初秋，微风薄凉如陈年丝绸。地上落的是垂柳的叶子，枇杷黄，上弦月一样清瘦。那叶子铺在地上，多像镜子里新修的美人眉啊！便觉得那老人在初秋的水泥路上，一个人安静地扫着柳叶，是多么风雅！像一个多情的旧时文人，老来在夕光晕晕的桌前，一遍一遍端详爱妾的眉。

《牡丹亭》里有一出戏，叫《肃苑》，这题目就是打扫庭院花园的意思。里面有一个角色，叫花郎。花郎平日里干的差事大约便是养花种草，春扫落红秋扫叶，实在是我向往的一个职业。杜丽娘听了小丫鬟春香的怂恿，看历书后便决定大后日去游园消遣。小丫鬟便唤来花郎，吩咐他要好好儿地扫扫花径。实在是美事。但这美差事被男人侍弄起来，还是不大对味。私底下觉得作者在这里用笔过于粗线条了。

曹雪芹就着墨浓淡适宜了，他安排黛玉在《红楼梦》里扫花葬花，真是风雅啊！一边风日里扫落花，一边吟着《葬花词》，她比美人多了几分书卷气，又比文人多几分脂粉气。

记得我少年时候，看《红楼梦》看得把人也掉进书里了，总以为自己也是黛玉，将来要生一场病，是活不过十六七岁的。那时候在春天里，伤感像感冒一样来得频繁而容易，在门前的桃花树下，扫落花，然后泼到水上去，让悠悠碧水来收藏桃花一副薄而艳的身骨。而如今，我依然还稳稳在世上，洗衣浆纱，欢喜哀愁。可如今也终于体味出了红楼里黛玉的消亡，不过是要告诉扫落花的那颗玲珑剔透心，只到十六七岁，再迟再迟也不会过了二十三四。再往后，我们在世上便是俗老的了，与十六岁的从前相比，可不要叹仿如隔世！所有的十六岁，都是要跟着落花一起消亡的。

如今，我早不扫落花了，即使在春暮，风雅也不过是，看看人家扫花吧。

扫花是艳的，和戏曲舞台上花旦穿的大红绣花鞋一样艳。如今我们是素的了，素色的日月，素色的心。欢喜或哀愁，都无关风月了。我们就借着打扫庭院，扫扫落叶吧。

电影《爱有来生》里，男主角阿明爱着女主角阿九，爱得浓痴，可是阿九似乎并没有热烈地来呼应他的爱，阿明心伤至极，终于出家为僧。阿九追来了，站在寺院门外，阿明在院子里扫落叶，仿佛不曾识她。这一回，阿明冷下来了，像一摊落叶被燃烧过后余下的灰烬，那超然与淡然分明是低温的。电影里，那落叶真多啊！着灰色僧衣的阿明在石阶上一扫帚一扫帚地扫，那么多低低飞舞的落叶像他又像她，寂寞哀伤无从说与对方的心听，只乱乱地堆积。就从扫落叶开始吧，开始修行。

从春到秋，从青春年少到女人中年，从扫花到扫叶，年华就那样走掉了，也带走了一颗艳丽的春心，只剩下如禅一般淡然明净的秋心。爱着扫花时，我们是槛内人，爱恨情仇，痴痴怨怨；爱着扫叶时，已经几近槛外人，看透尘世，将身心都当作了浮云。

秋来提扫帚，庭院还是那个庭院，石径还是那个石径，只是扫帚下，春花已换作秋叶。时光越墙入院而来，在一把扫帚上，轻轻弹奏……

落　难

"落难"是戏里的说法。民间的村妇野氓说传奇时，常常在落难这一节哽咽得直不起嗓子。

落难，除了名词"难"，还有一个动词"落"在前面横亘。一个"落"，宣告命运急转直下，是垂直的下坠，玉宇琼楼坠落人间成了凄凉废墟。王子流落民间受苦，小姐被卖进烟花之地，英雄含冤被斩，少年丧母遭欺，都是落难。没有落难，便没有戏。

家里有一盒谭鑫培的碟，只能听到声音，想必是从老唱片里灌过来的。在这张碟里，有一段谭鑫培唱的《秦琼卖马》，唱词平白，情感却深沉苍凉。"店主东带过了黄骠马，不由得秦叔宝两泪如麻。"彼时，英雄秦琼作为山东历城县都头，解押十八名江洋大盗至天堂潞州，因天气炎热死了一名犯人，蔡知府不给他批票回文。秦琼无从回去交差，只得困居旅店，盘费用尽，店主催饭钱，言语甚是揶揄。秦琼万般无奈，只得将自己的坐骑黄骠马由店东牵去在大街叫卖。

《秦琼卖马》的各种名家唱段里，似乎是谭鑫培的最入我心，他的唱腔里有一种西风卷起尘沙飞扬的荒凉悲苦味，沉郁悲慨，有霜气。遥想当年，谭鑫培在台上唱此戏，戏台之下，剧场之外，满目锦绣山河何尝不在落难中。

英雄又如何，英雄也有日暮途穷之时，困窘中，英雄尊严一样会被碾压。当报幕人报出"秦琼卖马"四个字时，我的眼前，已经风烟弥漫。

英雄卖马，文人卖书，都是落难之举，都是极辛酸之事。

明代才子徐渭，有首有名的题画诗，叫《题〈墨葡萄图〉》。"半生落魄已成翁，独立书斋啸晚风。笔底明珠无处卖，闲抛闲掷野藤中。"

徐渭满腹文才，却一生不举，好似明珠不被识，只落得一生寄身江湖荒野。他曾借宿一寺中，方丈室中墙上挂有一幅《墨葡萄图》。方丈知徐渭是大明才子，便请徐渭为此图题诗。徐渭感方丈诚心，便提笔题此诗。落难的人，其实不能提笔，一提笔，笔墨里尽是命运感。

徐渭出身于绍兴一个大家族，但出生不久，父亲便过世。徐渭生母是妾，他出生后便由嫡母苗夫人抚养，十岁时生母又被苗夫人赶走，十四岁时苗夫人过世，徐渭无所依傍便随兄长生活，然而所得关爱甚少。

虽然年少聪敏才名远扬，但自二十岁考中秀才后，此后考了二十多年也一直未能中举。其间又逢家道破落，妻子病故。他孑然一身，飘飘荡荡，为糊口做过塾师和幕僚，后因杀人又经历入狱和出狱。

他能写能画，能操琴，能写戏，是著名的"青藤画派"鼻祖，还"貌修伟肥白"——他才貌双全，可是却被命运一弃再弃。仿佛明珠一般的葡萄，被弃置在荒郊野藤之中。

晚年的徐渭，僻居乡里，贫病交加，经常断炊。他生平喜藏书，晚年为生活所迫而卖书，收藏的数千卷书籍便在这样的清寒潦倒光阴里，变卖殆尽。

上天让一个胸怀济世之志的壮士在辗转不遇中困顿，让一个腹有倾世之才的文人在落魄孤独中成翁。这样的落难，怎是宣纸上的几笔写意可道尽？

太阳今天落了，明天会升起。花儿今春凋了，明春会再发。有"落"就有"升"。有"凋"就有"发"。戏里戏外，那些落难的英雄才子们，随着峰回路转的剧情，似乎都有了重新绽放光芒的一刻——命运落地粉碎后，又获得一次辉煌重建。落难之后，秦琼遇到单雄信，宝马复得，又得赠重金以回程。徐渭呢？徐渭的光芒，绽放于浩浩长河般的中国书画史和文学史，可是，他已不知。这是幸？还是不幸？

遥忆童年时，在夏夜的月下，听奶奶讲戏。她讲《白蛇传》，讲到中途，语气沉痛，夏夜晚凉的空气里似乎都流荡着一层泪意。永镇雷峰塔——白娘子落难了！我也跟着伤心不已。

每一部戏里，主人公都躲不过一场落难。落难的白娘子，像为爱情出走已经回不来的姐姐，像勤劳能干却不被疼惜的妻子，像孤身打斗也收复不了河山的末路英雄，像经历过某段困守低处不得扬眉潮暗光阴的我们……

落难的人，是我们自己人。

第四辑

爱，就是慈悲

黑

　　黑，是将色彩向内收敛又收敛，隐掉了所有可反射色光的招摇物质，最后只呈现骨，颜色的骨——黑。

　　所以，黑色最苦，也最有深意。

　　我的书架上，摆着一把莲蓬。莲子已去，黑色的老莲房，空空如也。闲常看这一把黑莲蓬，觉得住过莲子的这些黑色空房子，有一种慈悲禅意。它像荒山野庙，威仪还在，只是僧人已去。它像爱过的心，曾经饱满，曾经青葱，现在老了皱了空了，什么都不说，一切尽付不言中，像黑色一样没有表情。

　　有时我会想，有一天，我也会是这莲房，那时候，我会忍住千言万语。只告诉自己：不疼，不想，不怕，不念，不怨……我的初心，在交付的那一刻，已经永恒，此后，我将永陷于黑色的深邃之中，直面缺憾，不再表达。

　　电影《芙蓉镇》，刘晓庆和姜文主演的，里面有许多场戏都发生在夜里，在黑暗中。初看那电影画面，是深深浅浅的黑色。刘晓庆演的胡玉音在深夜推磨磨米；在夜色里挟着包裹去投奔亲戚避风头；又在夜色里回家，到坟地去寻找死去丈夫的坟……后来，和姜文演的"右派"秦书田一起在黑暗中扫大街，直到两人结为"黑鬼夫妻"。那么多场戏，都是在夜色里，黑暗萦绕左右，像苦涩深重不言，只布上这一片黑的冷调子，让观众自己品味，叹息，感动，期盼……这是电影《芙蓉镇》最美最刻骨的深意。

冬天是白色的，冬天也是黑色的。白雪的映衬之下，似乎所有的色彩都走到了白的对立面，成为浓重肃严的黑。远看，白雪下的房顶是黑色，江南民居的那种陶质小瓦层层叠叠，黑得莹润清秀，像墨描过还未干。树干背风的那面没有覆雪，也是苍老如铁一般。池塘被雪吞得小了一大圈，像砚池，也是冷黑。远处雪地上的人影是黑的，脚印是黑的，停在电线上的麻雀是黑色的省略号。

大雪之下，世界非黑即白，非白即黑。没有那么多的犹疑不决，含混不清，模棱两可。黑就黑得纯粹、彻底，就干干净净地黑，就一心一意地黑。

在黑的世界里，水墨画的黑，与书法的黑相比，好比《白蛇传》里小青的功力之于白素贞的功力。就差那么几百年的修行，所以情深不及。

水墨画是以黑来表现纷繁广袤的大千世界，这黑是灵动的，有时还会与朱红石青之类搭讪，黑得不够坚决，不够纯粹。书法的黑，简直有化石一般的宝贵。白纸上的笔走龙蛇，似乎只能是黑色，一换颜色，就乾坤错乱。

水墨画的黑是有情的黑，那么书法呢，书法似从人情里突兀出来了，如同哪吒剜肉剔骨还给父母，书法把情还给了人世，自己只是虚空遁化了，凝结为一根根或断或连的黑色线条，好像涅槃，可是，这何尝不是一种更深的深情。

弘一法师当年在杭州出家，妻子偕着幼子遍寻杭州大大小小的寺庙，终于在虎跑寺找到，可是法师却连庙门也没让这对伤心的母子进去。薄情至此，谁能理解！后来，我读到弘一法师临终绝笔的"悲欣交集"四字，掩卷沉思，终于感怀不已。人世犹苦，他欣庆自己终于解脱，可是放眼红尘，还有那么多众生困于苦恼灾厄之中，令他悲心犹起。这依旧是深情啊！即使一袭僧衣在身，即使远离红尘喧嚣，像莲藕深埋在黑色的淤泥深处，依旧初心洁白，丝丝相连。

电影《一轮明月》里，西湖上，薄雾轻扬，两只小船湖中相对。

雪子：叔同。

弘一：请叫我弘一。

雪子：弘一法师，请告诉我什么是爱。

弘一：爱，就是慈悲。

慈悲又是什么呢？一个人的情感收了又收，滤掉了世俗爱欲，滤掉了痴念，滤掉了漠然与嗔恨，最后只剩下一份最本真无私的情意。这情意就是慈悲，是不是？如天对地，如雨露对花朵。

慈悲两个字，要用墨色的笔写，白纸黑字，才庄严深邃。

青

诸种颜色里，恋上青了。

青是安静的，单薄的。

"花褪残红青杏小。燕子飞时，绿水人家绕。"是苏东坡的句子。这疏淡的笔墨里，就渗出了一点点的青来，是青杏。农历三四月的杏子，在碧色的枝叶底下，悄悄地生长，不招眼，不浮浪。一副青涩的外表，容易被遗忘。

这多像少年时光，属于乡下的少年时光，没有少年宫，没有钢琴与舞蹈。四月的沙洲上，外婆的小院里，洁净简拙。院子外的泡桐上蝉鸣未起，篱笆上的木槿还没打苞，外婆的小院罩在一片恬静的青色里，闲寂清美。我们在小院里，也像是一簇青色的叶子，微微摇曳在风日里。

翻开色谱，来看青的位置。青应该是从绿里衍生出来的一种颜色，它包含于绿色大系里，却不等同于绿。二月的纤纤细雨里萌生的新草，是绿，嫩的新的绿，不是青。八九月间远山上的草木，在朝暮的烟霭里沉淀下来，那是黛色了吧，也不是青。青是未老的绿；青一老，就是黛。即使老得明媚些，也是蓝了吧。

四五月的草木是青的，是一种寂然的青。青立于仲春和仲夏之间，繁花已落，硕果还未登上枝头，两头的热闹都没赶上。

戏曲的舞台上，有一角色叫青衣。端雅大方，明丽成熟。她有花旦的美，但弃却了花旦的俏与媚；她有老旦的矜持庄重，却又添了几分绰约风姿。她莲步轻移，一身素洁的衣，粉色，白色，或蓝色，青色。水袖袅袅，分明有一种暗暗的寂寥。只是，这寂寥是那样隐约，那样轻盈，一个转身，就被端庄的她轻轻压下去了。青衣的女子在俗世里，一样安然淡然。她看待爱情，就好像坐赏春末阳台上新移栽的一株海棠——那枝枝节节上的花，要是开，就已经开过了；要是不开，也已经不会再开了。她看着那些夭折的花蕾，伴同残红零落，内心无怨无艾。一抬头，轻愁烟散，天地平阔。这就是青的境界。

国画颜料里有石青。我从前临摹过一幅美人蕉图，五月的美人蕉，有茂盛的叶子。在宣纸上勾线完毕，一坨石青挤在调色盘里，兑了水化开，一笔笔涂染。一片片石青色的叶子，在画面里占去大半，却只是衬托，衬花。因为，那叶子丛里，一茎朱红欲燃的花朵，正高高顶在画面中央。这是青的命运。不甘也没有用。

青古朴而自重，不热烈，不张扬。再怎样山长水远地涂抹，也永远只是底色。青是未能顶上红盖头入门的女子，就这样终身未嫁，静悄悄做了他一辈子的知己，与他隔街隔巷隔城隔生死，只能成为他浩瀚的想念。

青色算得上是颇有中国文化意味的一种颜色了，只是人们常记得的是喜气的大红与青花瓷器上的纯蓝。青是落寞的，在晴耕雨读的风雅古代，位卑的读书人着的是青衫，寻常人家的女子裹的是青裙。白居易的《琵琶行》里有一句："座中泣下谁最多，江州司马青衫湿。"庙堂那么高那么远，他只有在偏远的江湖里寥落，月夜酒后听一首琵琶曲，一袭青衫全作了揾泪的方巾。山河有多辽阔，寂寞的心就有多辽阔。浔阳江头的那一件青衫，在深秋的月下，愈见萧萧清冷了。

青是这样纯粹而孤寂。是悬崖背后无法流走的一泓清泉，独自映着天空和残月。

秋香色

秋香色，一种极具古典味的颜色。实则就是浅黄，有时在浅黄里还渗透隐约的一抹浅绿。深深浅浅喜欢这颜色已有多年，一直觉得这颜色里有一种别样的妖娆，一种低调的奢华。

《红楼梦》里，林黛玉初进贾府，老嬷嬷领着她去见二舅母王夫人。到得正室东边的耳房内，王夫人不在。阒寂房间里，林黛玉看到了那炕上正面设着大红靠背、石青引枕，还铺着一条秋香色金钱蟒大条褥。隐隐的贵气透过来，让人噤声不敢语。再折到东廊小正房，在这个王夫人日常起居的房间里，黛玉才看到了那些半旧的陈设。回头想，那东房间是奢华的，只是，是一种无声的奢华。这奢华虽是不撞眼刺目，虽是做给人看，却自有分量，令人心头凛然。

第八回里宝玉探望病宝钗，宝钗坐在炕上做针线，一副家常打扮，穿戴都是些半新不旧的衣饰。宝钗是低调的人，即使美貌，也不让那光芒咄咄逼人，而是软软敛下来。而宝玉就不一样了，事事过于隆重，恨不得把每一个日子都当作节日来过。那一天，宝玉头上戴了金冠，额上勒了金抹额，身上还穿了件秋香色立蟒白狐腋箭袖。如此奢华艳丽的装束。只是，这也是一个人的奢华。宝钗光是在衣饰色彩与打扮上就没能和他应和。如果宝玉不出家，关上门后，婚姻里那些山长水远的日子，两个人要怎样尴尬应对，才能走得完！

多年前的一个春末，心思寡淡，到圣迪奥女装店里转，挑了一件秋香色的薄羊毛线衫和搭配的细条纹裙子。买回来后，不几日，夏天响亮来到，那衣服便无从上身。衣橱里挂了一整个长夏，也不恼，偶尔在衣橱边流连，只是看看。待到夏阑珊，秋风里穿着那秋香色的线衫自桂花荫下经过，竟如和相好多年复又分别的旧人重逢，欢喜都在深深浅浅的杯盏里，不与外人道，独享内心繁华。

如今，人到中年，心思渐淡渐薄，淡薄如一杯菊茶，香已逸散，只有菊瓣垂老卧杯底。是啊，一些人狠心忘去，一些人还沉在心底，水中明月似的。某日，忽作小儿女心，想出门去见一个人，一个人去见。衣橱里翻，弄妆迟迟，翻出一条秋香绿的丝巾。想起那时系它，人还很清瘦，还在小病中。独自浮想一番，也不出门了，煮水烹菊茶。就着往事，一腔儿女心，用一壶茶水和一个下午的时光，慢慢将之消解。

人到中年，庸庸碌碌，纷纷扰扰，想念是一件奢侈的事情。只能偶尔奢侈，轻轻地奢侈一下。想想，如果没有想念，那么人一定是彻底老了旧了。何况，有的人到老了还在想念。想念就像痒和疼，应是一个人起码的知觉。想念的那一刻，世界荒芜衰老，而莲花，从心底亭亭出水盛开。心灵洁净，血液回流，青春重回宝座。这是一个人内心的奢华年代，但没有观众喝彩，就像秋香色。

　　所以，红喜绿怨的裙裳里，一定要有一件秋香色的，让身子住进去，低低奢华，独自摇曳。

染

　　染色的过程，像爱情，是浓情厚意的姻缘。染料的颜色和织物的纹理拥抱，彼此进入对方生命，一辈子不弃。是刘三姐的歌：连就连，我俩结交订百年，哪个九十七岁死，奈何桥上等三年。

　　若生汉唐，或者明清，一定要做一个善于印染的玲珑女子。织好布，裁好衣，缝了穿上身，临水自顾，有薄薄遗憾，少了颜色。看看日头还没下山，提篮去田野上采集草木，回来取汁染衣。还要邀上同村的姐妹，一路踏歌迤逦而行，风吹裙袂，满袖花香草香。

　　茜草，栀子，蓝草，紫草。染红，染黄，染蓝，染紫。采满一筐，回家经过村口的小桥，停了停，顺带着捋两把皂斗，回去给父亲染腰带，给哥哥染鞋面。哥哥进山，托他带一筐石头，要朱砂，赭石，石青，石黄……煮汁，大盆小盆。这边是红：桃红，水红，莲红，银红。那边是青：天青，蟹青，蛋壳青，葡萄青。东边是蓝：天蓝，翠蓝。西边是白：草白，月白。长长短短的衣按进去一起煮。染上襦，给自己染桃红，给嫂子染莲红。染长裙，给妈妈染天青，给自己染草白。

这是风情。

到乌镇去，老远看见晾在半空里的蓝印花布，染坊里的布，蓝底白花。空气里似乎有水的湿气和蓝草的清香，恍惚以为回到明朝。木质的老柜台里，有几个中年女子在卖衣饰鞋包，或包着蓝花布头巾，或系着蓝花布的围裙，或身着蓝花布的斜襟小袄。在时光停留未醒的古镇，染，隆重地成为生活的一部分。

一朋友，给北京的新房子装潢，跑回安徽，抱走整匹的蓝花布，用它做窗帘，做电视机后面的背景墙……我坐在她家客厅聊天，是夏天，却只觉四下漫溢染衣坊的清凉气息。都是怀旧的人，不过是想从一方方蜡染的蓝花布里，让心贴近从前的那些草木时光。抬眼看窗外，阳光透过窗帘，也成了斑驳的薄蓝色。阳光也被染了，染得软了腰身。

染色的日子，日子庄重。想起从前，乡村人家，几乎家家置有洋红颜料。街上铺子里也抬眼可见。做喜事，鸡蛋煮熟，不剥壳，壳上染洋红。大人吃喜酒回来，口袋里一定揣有那样的红鸡蛋。堂姐出嫁，第二年生了宝宝，大妈买了大段老土布，撕成方块，过水，石头上使力锤。晒干，土布软了，白了，下盆染洋红。喜三那天，大伯一担挑到姐姐家，小孩子的花衣服，红抱被，老母鸡，红鸡蛋，还有那一大叠染了洋红的老土布，叠得方方整齐，给宝宝做尿布。

春天孵一窝小鸡，奶奶怕它们跟邻家的小鸡混掉，不好认，给小鸡的尾巴和头上也染洋红。门前撒把米，唤一声，一片红，啄食，万头攒动。染洋红的日子，乡村那么喜庆。

国画里有种技法，叫染。勾，皴，点，擦，染。没有染，就少了太多韵味。所谓烟柳，没有染，那柳如烟如何表现？寒山瘦老，林木郁郁苍苍，没有染，那色彩的深浅如何处理？没有染，就没有纸上江南那湿淋淋的村郭和水云天。似空未空，若隐若现，是染，赋予了古老中国画以禅味和诗意。一管羊毫，吃足了淡墨，宣纸上一坐一躺，山长水阔，这是染。

染，丰富了生活，点亮了日子。朴拙灰暗的，在染里，生动明丽了。平直冷硬的，在染里，含蓄空蒙了。染像爱情，让生活和艺术走到一起，终老。

织

织是女人以草木纤维为笔写诗，横横竖竖，都透着灵性智慧和绵长情意。

第一个将树叶穿起遮体御寒的人，是个灵性开始觉醒的人。这人一定是个女人，只有女人，才有这样的灵性和慧心。

慧心起，万物缤纷。织麻布，葛布。是谁第一个知道的？要剥取麻和葛的皮，让它们暴晒，淋雨，腐烂，剩下里面纤维。纤维韧如丝，越洗越白。粗细均匀分割，合股，经纬相织，成布成匹。

幼年时，和弟弟一起挤在父母的大床上，夏天，床上罩的帐子是葛布做的。洗一水，白一水。到我离家读书时，已经白如初雪。果然是，日久，见真心如玉。从前的东西，那么禁得起时光来磨。从前的情感也是，那么艰难，不破不分。

"绩蚕初成茧，相思条女密。投身汤水中，贵得共成匹。"一首古旧的南朝民歌，是写煮茧呢，还是写相思？又疼痛又华丽，像诗。一朝茧成丝，上了纺车和织机，便是重新投世。生为绢，为绫，为绮，为纨，为绡，为缎，为罗，为帛，为锦，为练，为縠……《红楼梦》里，宝玉悼晴雯，于冰鲛縠上楷字写成《芙蓉女儿诔》，也是又疼痛又华丽。"余霞散成绮，澄江静如练。"是谢朓的诗。绮和练，一个饰有文彩，一个是纯白色。云霞和江水，都美得如蚕丝织就的丝织品。

没用过纺车，不曾丝织。身为女人，有些遗憾。童年时，和堂姐堂哥们躲猫猫，躲进村子里一户张姓人家的屋子，是放杂物的一间旧房子，在里面意外看见一辆纺车。手摇的纺车，蒙了一层灰，手柄处犹见色泽深厚，想来一定有好几代的女人用过。现在，弃之不用。那家的老婆婆，性格贤淑，说话轻声细语，老得像陶渊明的诗，雅淡而清和。八十多岁了，还有一张肤色明净的脸，头发一丝不乱，梳髻。我知道，那纺车的最后一位主人是她。

去苏州。在苏州第一丝厂观看了现代的纺织，大车间，大机器，人在机器和布匹之间附着，像一枚灵巧的螺丝。实实地震撼。也有被颠覆之感。我一厢情愿怀想多年的诗意的纺织，竟是这样以千军万马的阵势，呈现于眼前！眼见着一片布，云朵似的飘落，再被机器卷起。一匹布，那么快地从机器里溢出来，总觉得时间没有在那纹理之间停留过。离开时，一点点怅惘。

想起书里读过的那些从前的纺织人。织女，在天上，据说天上的云朵都是她织的。那么，白云为练，为素；彩云为绮，为锦。漫天的云朵，想必后来都会成为织女的嫁妆，都运到牛郎的家里。"长安一片月，万户捣衣声。"人间的千千万万织女，织丝成匹的情节没有神话那样简洁，织过之后，还要捣衣，然后才能裁剪。棉麻织品，放在石砧上锤捣，才会绵软。有词牌名叫"捣练子"，练是白练，织好后经过锤捣，越发洁白柔软。看唐代画家张萱的《捣练图》，两个体态丰硕衣饰鲜丽的女子，一个提杵一个歇息，秋夜清寒，砧声远远近近，那么辛苦又那么诗意。

"唧唧复唧唧，木兰当户织。"读一读关于丝织的古老诗句，想象自己在古代织布的样子，青丝粉颊，姿态安然。唧唧复唧唧，青春在一架织机前，那么长那么长，像麻，像棉，像丝。从前，我们剥麻撷棉，养蚕采桑，日子庄重俨然又牢实，如织物的经和纬交叠在一起。

绣

绣品是慢质的东西。一针一线，里面都是时间。

杜丽娘那样的时代是慢的。一整片的青春时光，只够绣一副嫁妆。十二三岁就动工，绣到出嫁。

上午诗书，或不侍弄诗书，但下午是一定要做女红的。摆出绣架和花绷，扯平一方染了底色的绢绸，五色彩线都合了股……绣上襦，上襦是交领，不能太单调，要绣上花花朵朵枝枝蔓蔓才好。桃花三两枝，荷花一二朵，青叶六五片。衬着里面的白色领子，春光繁盛。裙拖六幅湘江水，这么大的裙摆！还嫌不够，扯到八幅，到十幅。从秋香色，到素白，风一吹，似水波荡漾。怕太轻了，在裙幅下绣一条窄窄花边，压压脚。再不行，再在腰间挂一根穿了玉佩的宫绦，来压压裙子。

春天的襦裙几套，夏天的襦裙几套……还有秋天冬天的绣花鞋子。婚后多少年的穿用，都先缝缝好绣绣好，储存着。青春存不住，衣服尚可。

将来的夫君，他的衣服还不好意思绣。即使绣，只能遮掩着绣两段布，还不裁，叠放在箱子底下。绣绣家具器物上用的绣品吧。枕套，靠背，椅搭，坐褥，茶垫，箱子柜子上搭的，桌子凳子上铺的……绣并蒂莲，绣红鲤鱼，绣鸳鸯戏水，绣孔雀开屏，绣喜鹊登枝，绣龙凤呈祥，绣岁寒三友，绣竹报平安，绣花开富贵，绣松鹤千年……

单面绣。绣到痴绝处，双面绣。一块布料，正反两面是同样的花和蝶，同样的鱼和鸟，同样的花开和翔舞。一天的时光，也许只够绣一只鱼尾，或者一对鸟翅。选用丝线，只有丝线的光泽方能表现鱼鳞和鸟羽的光泽。一幅绣品从花绷上取下，端详看，毛羽鳞鬣之间，皆是时间啊！

苏绣，粤绣，蜀绣，湘绣，京绣。花木草虫，山水鸟兽，或光滑细腻，或生动有神，或立体感强，或用色辉煌耀目……哪一件绣品里的时光不是慢的！哪一件绣品不是千针万线！

贫寒人家的女儿，不仅要绣，还要织。绫，缎，绢，锦，罗，纱……煮茧，抽丝，合股，上织机，要迎送多少个朝暮，才能织出这样多的丝织品！还要染色呀。染红：大红，水红，莲红，桃红，木红；染绿：草绿，豆绿，青绿，孔雀绿……养蚕采桑且不提。一整个青春，都为绣而忙，为一件件光彩灿烂的绣品而忙。一整个青春，只有这一个主题：绣。时间在这绣里慢得好奢侈。

《红楼梦》五十三回写到一个人，叫慧娘，姑苏人。正月十五，贾母领子孙们家宴，摆了十来席，席边设几，几上焚香，一派祥和团圆之气象。在这里，曹雪芹借贾府的元宵宴，引出璎珞，复又引出那苏绣璎珞的制作者慧娘。曹公在这隆重的元宵宴席之间，为一位只活到十八岁的苏绣女子慧娘作传，不惜笔墨，不吝赞美，让人想见苏绣之美之雅。苏绣那么美那么艳，让人不仅看见时间在针线里繁复绵延，还看见，青春那么短！是啊，与一件绣品比，青春那么短。

去冬买了件黑色修身裤，裤腿上绣了花。绣的是牡丹凤凰，仔细看，这图案应该叫"凤穿牡丹"。觉得奢华隆重，内心莫名不安，怕它起毛，怕它掉色。太美丽的东西，总是让人爱到不安。绣品就是啊！

绣是个名词，也是个动词，可是，当我在纸上写下一个"绣"字时，只觉得它更像是一个形容词。针线底下春风浩荡，姹紫嫣红，凤飞蝶舞：这是绣。比青春还要绚烂还要长久还要奢侈的绣。

微 淡

有些花，颜色会越开越淡。

宅前的红蔷薇，开在春暮的晚风里，一洗铅华，似乎有了隐者之心。微淡微淡的淡红花瓣，薄薄地颤。

清秋的月亮，从东边的篱笆上升起来，在弧形的天顶上踽踽独步，遥望大地，到晨晓，月色也是微淡的了。彼时，露水濡湿篱笆上朝颜花的叶和花蕾，也濡湿了瓦檐和瓦檐下的蛛网。鹅在河畔上吃草，伸头一啄，露水簌簌而下。月亮的那一点黄，那一点红，都化作露水洒给了大地万物。它自己，微淡微淡的影子，隐没在西天尽头的朝云里。

有些日子，也会越过越淡。

从前迷恋红妆。化妆包里，胭脂和口红断然少不了，喜欢自己的一张脸是千里莺啼绿映红的繁丽与生动。现在，喜欢素颜，喜欢素色，喜欢自己是晚明烟雨里的一篱淡菊。绯红、桃红、橘红、曙红……那么多深深浅浅的红色，我只隔篱看花一般地瞟一眼，不再流连，不再恋恋放不下。

回想从前热爱舞蹈的日子，穿过那么多耀眼的演出服，珠片叮当……每次演出，为了登台，总要过江辗转，到布匹批发大市场里挑布，回来跟裁缝细细谋划款式……如今电子购物方便快捷，买件演出服比上菜市场买大白菜还要容易，可是，我已经不买了。

如今，喜欢麻，喜欢棉，喜欢板色没有款式的大衣在身上晃荡。秋日艳阳，穿一件茶褐色的苎麻风衣，穿过小半个中国，穿得人像个出土的哑蝉，衣不惊人，独享清风不语。

一直以为，写作是一件浓情的事。在寂静的深夜，在键盘上敲，每一个字都像是自己的情人知己，背负着炽烈疼痛的相思。现在，一颗心写薄了，薄得迎光一照可见血丝。

薄得，只愿意阅读。在深冬，拥衾抱卷，听时钟嘀嗒嘀嗒，觉得自己像一个还未解人世风情的蚕蛹，在不分雌雄地生长着。

还记得，从前一味沉溺于书写表达的畅快，倒不大喜欢阅读。那时曾有一编辑善意提醒我：要留时间来阅读，还要留时间给自己冥想，不要总是写。

怎么可能总是写呢！写着写着，心就淡了。像一朵睡莲，从早晨开到黄昏，夕阳在山的时候，我会收拢花瓣，不再吐露心香。

情怀和心境，到最后，都会微微淡下去吧。

读明末文人张岱的《湖心亭看雪》，那就是一幅墨色微淡的水墨啊。

　　"雾凇沆砀，天与云与山与水，上下一白。湖上影子，惟长堤一痕，湖心亭一点，与余舟一芥，舟中人两三粒而已。"

　　冬日寒山，应是黛色，是浓墨里加了一点点青，冷峭瘦硬，突兀在天地之间，突兀在宣纸上，突兀在国破山河在的旧文人的内心。现在，大雪之下，一切微淡。山与天和水，都笼在一片茫茫无际的白色里，慢慢隐藏起自己格格不入的色调。包括长堤和旧亭，都是淡色了。家国恨也好，别离悲也罢，都笼进了苍茫如雪的往事里。

　　这是一幅淡墨绘就的澄澈清冷的世界，掺不进一点人间的是非与情感。因为内心清远，所以放眼看，江山辽阔。

　　住在西湖边的那一拨明末文人，就这样一日日将墨浓如铁的旧恨写成了空灵无染的淡墨小品。心意淡，笔墨淡，将自己放逐于淡墨一样的云水之间，冷也逍遥，孤也自在。

　　所有的颜色，所有的喜好，所有的情怀，太浓了，都是囚禁。所以，只能是选择转身，微淡下去吧。微淡，或许是条出路。

　　黄昏过长桥，远远看见旧时人。我假装不知，低头看湖水，湖水里颤动一缕孑然行走的淡影。啊……她没有抹胭脂。

第五辑

读佛书，对美人

逗 号

曾以为，人生是东风夜放花千树，灿烂明艳，又蓬勃浩瀚，走着走着就是大气象。到后来才发现，其实是寻寻常常的一段段日记体。大多数人的一生，其貌不扬，是一桩一桩的俗事标注生命的节点，就像逗号一样，不含蓄蕴藉，不壮怀激烈。

逗号，说的就是庸常，平庸的庸，平常的常。

又要说到那次梁山游。旅程未起，我先就自作多情，以为那里会是崇山峻岭，会是烟波浩渺。以为山下还会有"人肉包子铺"，卖包子的伙计一个个长得峥嵘险峻……待到终于上了梁山，山下山上，所见除了游人，便是卖旅游纪念品的小摊贩们。我细细打量他们，没有林冲，没有仿若林冲一样的男人。小摊上，木做的刀、剑，刷过清漆的酒葫芦，上面刻有"梁山留恋"的字样。也有人在招徕游客骑马，三十块钱一趟，有游客坐上去，战战兢兢。"八方共域，异姓一家"，那样的宏大场面，那样的横阔时光，如今都改写成啼笑皆非的"旅游"。售票，检票，讨价，还价，林冲们不在，

日暮苍山远 / 许冬林

梁山归于庸常，小人物登场经营小生活。

有朋友，当初的恋爱，简直像水泊梁山一样波澜壮阔。分分合合，终于如愿修得真果，被招安在婚姻的狼牙旗下，开疆拓土地开始幸福好时光。时光，其实就是过着过着，鸡毛蒜皮，一地狼藉。开始计较，开始抱怨。原来婚姻不是他和她，而是他家和她家，人情往来，孝顺父母，有人认为应该有所侧重突出重点，有人反对厚此薄彼主张天下大同，到后来，就是日复日年复年地内讧，无外敌压境，婚姻一样会土崩瓦解。

于是想，《红楼梦》里，宝黛的爱情成为悲剧多么美好，成为一处意犹未尽的省略号多好，让人垂泪不已痴想不尽。真要吹吹打打地结了婚，无非就是小日子，逗号的节奏。

逗号的节奏就是，喂过牛奶换尿布，拖了地板洗衣服，好容易熬到一天终了，天黑画上小句号。第二天，还是牛奶尿布，还是地板脏衣服。

读《人间词话》，读到"深美闳约"。我喜欢这四个字，深美闳约。说的是词，不是人生。

人生不深美，人生很庸常。它像一篇冗长叙事文章里的连绵逗号——退一步想，总要有这样一些逗号。不是每一对翅膀都能飞上湛蓝的高空，但毛毛虫总要继续它在大地上卑微乃至无望的爬行。不是每一个伤口最后都能吐出耀目的珍珠，但是蚌贝不会停止将挟带泥沙的海水一口一口地终年吞咽。

也许，正是这样的逗号连绵，正是这样漫长的平庸时光，让我们见证了过程，生命的过程。盛放和颓败都是过程的一部分。

重要的是，有一天，我们从英雄的传奇里走出来，从爱情的神话里走出来，能不能平稳着陆？能不能，安于这局促的逗号书写的人生，安于这八千里路的庸常时光，把自己平铺直叙地写下去？

感叹号

文章写着写着，就很少使用感叹号了。觉得感叹号过于煽情，不内敛，不节制。

读文章，看到别人还喜欢频频亮出感叹号，闪电似的一个个破空而来，会感到羞惭，因为想到从前的自己。

那时候，也青涩，也煽情，也喜欢故作姿态。一点点小情绪，总要一惊一乍的，打上个大块头的感叹号，好像要声震八方。

那时候，表达内心，太过用力。

还记得小学毕业前夕，同窗们依旧疯玩。他们跳绳子，在槐树下追逐，撕下练习本上的纸叠成猪头来给人算命。而我，竟然像只提前羽化的蝴蝶，孤独翻飞。独自跑到校前的水塘边，拿出笔记本和铅笔来，画画。画的是即将离开的母校，白墙黑瓦，当中是金黄色的"胜利小学"四个字，还有校前一长排蓊郁的法国梧桐。那时以为自己一辈子都会对这座小学念念成痛。升上初中后，新同学，新环境，日子又采茶扑蝶一般地美美过起来，早忘记了当初离别小学时的忧伤。把离别弄得太夸张了，当年。

也还记得，少女时候，遥望未来，总觉得风烟茫茫。读席慕蓉的小诗，私下也偷着写诗，写："我的心，不是水中的一块棉布／再怎样揉搓，总无折痕／请你看我／那风霜中摇曳的，一支秋荷。"那些貌似沧桑的句子，将对未来的那一点小迷惘，那薄雾般的小忧伤，硬是铆成了经日不散的遮天重霾。

处理得太用力了，那些过往岁月。多年之后，才知道，情况没有那么糟，心也没有那么痛，还不需要使用上饱蘸血泪的感叹号。大张旗鼓，声嘶力竭，都不需要。过日子，只需要一句一句静静地叙述，不需要借助感叹号来渲染，来粉饰，来哗众取宠。

还想起从前读唐诗，绕过初唐盛唐，偏喜晚唐的李商隐。"相见时难别亦难，东风无力百花残。""此情可待成追忆，只是当时已惘然。"读时，内心大河汤汤，觉得深情就该这样一句一叹，一弦一柱思华年。

那时，以为情深就该是连绵的感叹号，一个感叹号是一段悲欢，哪懂得情深也不言。

待人到中年，一颗芳心活成酱油色了，幡然醒悟，深深喜欢起王维的诗。"行到水穷处，坐看云起时。""江流天地外，山色有无中。""明月松间照，清泉石上流。"那些句子，似乎是滤尽了红尘，滤尽了自己，只余下这清川，这明月，这空茫的山河大地。寂静，开阔，淡泊，深远……

王维爱过吗？一定像李商隐一样爱过。谁没有血脉澎湃地爱过呢？但是王维不感慨相见时难，他描述秋水潺潺。

李商隐像我们早前的时光，还在路上，还在眷眷地恋，苦苦地求，所以内心火旺，需要烈焰腾腾的感叹号来助长声势。王维像我们后来，懂得隐了，坐下来了，无恋无求，所以内心清凉寂静。处处遇景，处处都可以画上句号。

其实，太过沉重的思想，抑或情感，是当得起一个感叹号的，到后来，也不屑于使用一个感叹号了。杨绛暮年，丈夫和女儿皆已不在人世，她一个人写《我们仨》，家和国所经历的风雨磨难一幕幕呈现。可是，我读她的文字，少见号呼，也不愤激。娓娓道来，清风明月，深情在言外。她在痛苦面前，依旧不失优雅。

回想从前，漫笔写情怀，那么迷恋感叹号，像迷恋形容词一样迷恋感叹号。后来，慢慢老了，心像稻谷在秋阳里慢慢灌饱了浆，终于低眉沉思。感叹号和形容词一样，都很虚妄，都那么不及物，不能直达心灵的潭底。

形式上的东西，在时间的流转里，都将一一剥离釉彩。最后发现，最可靠的还是叙述，一句一句本真地去叙述，用上逗号或句号。是非评论由别人，情浓情淡自己知。

句　号

标点符号里，句号最绝情。我欣赏这绝情。

有时，我想，文字也要写得绝情些。这绝情，其实就是果断。一个句号下去，不犹疑。

我只说这么多，或者是浓缩，或者是节制。不千言万语，不千回百转。我只说这些，多了就错，多了就轻。多了就分了力，就不能一箭射入石头中。

艺术应该是绝情的句号。断臂的维纳斯就是雕刻者画出的一个决绝的句号，有了形体之美，有了姿态之美，十指纤纤已经可以断然省略。福楼拜笔下的包法利夫人最后服毒自尽，也是一个惨烈的句号，让悔恨和遗憾留给读者慢慢咀嚼，主角提前离场。

想我年轻时写小文字，一句又一句，连绵不断的逗号缠夹其间，总觉没说完，没说透。像恋爱，说了一夜，还是一肚子的话。到了中年以后，笔头就懒了，懒得多说。也像爱情：再见那人，相顾无言，即使有泪也深锁眸底；多数时候是，没有泪意。就这么绝情。再见面，是清风明月，是月朗星稀：我很好，你也珍重。

再见面，我们是两个沉默的句号，可以互不关联。

中年以后，事和情上，习惯用句号。

当人生走到习惯去画句号时，便真是凉下来了。是幽凉，是后半夜的露水悬挂在陈年蛛网上的凉，是霜降之后的初霜卧覆在石阶上的凉。

在众人喧哗骚动之时，我可以拣一个僻静的角落，自成国度。我不害怕落单，不拒绝时光的冷清和萧瑟。人世广漠，总有爱情、友情和亲情也都不能抵达的荒寒地带，所以不奢望有一个或那么几个人可以和我用逗号来连接，连接成永远的前后相随的两句。我知道，有些荒寒地带，我只能孤军深入。在那样的荒漠高寒地带，我是一个句号，孤立无援的句号，独立成段，独立成章。

我想，句号应该是冷色调的，是日暮苍山远，是月光下的古战场荒草披覆。

我读《水浒传》，读到宋江招安之后的那些章节，不胜苍凉，叹作者笔力绝情。那些英雄一个一个地散，一个一个地死，是一个一个的句号钝钝地在心上钻。散了，死了，只剩下莽莽苍苍的旧山河了。

读罢《水浒传》，心念念想去梁山，想那八百里水泊清波荡漾，想一支令箭放过去，对岸的芦苇丛里会划出一叶小舟来。借一叶小舟渡我魂归旧梦，我总疑心前世我是梁山上的林冲。待到真去了梁山，只见一座山峰突兀在中原大地上，并无甚险绝奇崛，山下也并无什么芦苇水泊——千百年过去，真是沧海桑田。英雄走了，梁山水泊的大舞台也消散在尘烟里了，句号就此画下，不容我贪恋。

不仅不贪恋，人生还要亲自操刀动手，给自己画句号。狠狠地画，狠狠地舍。

范蠡辅助越王勾践，灭掉吴国，完成了振兴越国的大业。事成之后，不居功自傲，而是急流勇退。他潇潇洒洒，泛舟于五湖之上，遨游于七十二峰之间，不留恋功名利禄，活得真是尽得风流。他舍得给自己的政治生涯画句号，他是智者。同为越国良相的文种，就不舍得了。范蠡隐退之时也劝文种，但文种选择继续留在越王身边，他希望他的政治生涯是一个逗号连着一个逗号，连绵着写下去，写成鸿篇巨制。但哪里写得下去呢，收场不过是得了越王赐剑来自杀。

李清照在《夏日绝句》里写"生当作人杰，死亦为鬼雄。至今思项羽，不肯过江东"。这样的句子就有句号的雄浑沉重，不附和不妥协。想当年，也是夏日，在溪亭日暮，李清照和旧友喝醉忘记归路，缤纷笑声中误入了千朵万朵的藕花丛中。那时候，时光是轻灵如蝶的，心也是。那样的日子其实是一个一个的小逗号，绵延摇曳，自有风情。有一天，家国江山皆破碎，她可以像项羽一样，不过江东不偷生。这就是一个最响亮的句号了。

句号，是绝情。但，不绝情怎么见风骨！

省略号

有一天，爱情写成了省略号，才最深婉动人。

青春年少时，两个人在上学，参加学校的社团活动，回来路上下起了霏霏小雨。两个人在一处屋檐下避雨，算是初见。初见有小心动，小欢喜，像一枝白茉莉开在微雨里。她的头发湿了，鼻尖湿了，裙子湿了，鞋子湿了。还有一颗薄薄的少女心，像春雨里的杏花，也清凉柔软地湿了。他呢，他像一丛葱郁挺拔的芭蕉，虽然也湿了，却更风姿飒然。

然后，上大学，隔好几座城市。他每周去看她，坐六个小时的火车，窗外田畴换丘陵，乡村换城市。她在铁轨的尽头等他。几年下来，积攒有一堆的火车票，同样的起点和终点。以为一辈子会在一起，毫无悬念，像火车直达。但多年之后，他握住的只是一堆旧年的火车票，她已嫁作他人妇。

怅然了十几年，到中年之后，再见她，终于释然。有一种爱情原来是省略号，前半生说，后半生省略，省略了相伴的琐碎，省略了一起垂老的平淡，只保留了前面的初相见。如果当年勉强捆在一起，也许已经熬成怨偶，或者已经离婚。而现在，他只想感谢她，感谢她依然是他心里那朵湿湿的杏花，让他觉得往昔岁月还珍藏有一段可咀嚼的美好和深意。

春风十里不如你！那个女孩依旧站在落雨的屋檐下，站在铁轨的尽头，不曾凋谢，像省略号一样让人怀想不尽，却又无须言说。

当年李宗盛和林忆莲花开并蒂，台上一起深情对唱，台下两人是世间烟火夫妻。他给她写歌，写《当爱已成往事》。"往事不要再提，人生已多风雨，纵然记忆抹不去，爱与恨都还在心里……"听过很多人唱这首歌，包括张国荣，但，最令我动容的，还是李宗盛和林忆莲对唱的那个版本，因为有深不可测的深情在里面。

2014年12月，这个被尊为音乐教父的男人在台北举行演唱会，在"男女情歌"环节，他再度演绎《当爱已成往事》，可是，只唱了一句，便哽咽得唱不下去。这一次的对唱，是隔空对唱，和他对唱的林忆莲在大屏幕里，那么近又那么远，隔着岁月，隔着城市。大屏幕里，身着红衣的林忆莲，披着鬈发，深情曼妙。那是旧时光里的林忆莲，是往事里的林忆莲。他们曾在一起生活六年，育有一女，然后友好地分开。尽管有千万乐迷粉丝日夜期盼他们复合，可是终究没有，他们自此各走各道，一别两宽。她重新恋爱，他在北京做吉他。

一别经年，以为时空会帮爱情画上冷峻彻底的句号，可是当我看到这个一脸沧桑的男人哽咽时，才恍然明白，爱没有句号，只是化作了余音绕梁，化作独自蓦然回望，她不在眼前，她又像烟霭笼罩群山一样，分分秒秒，都在。

其实，不只是爱情，人世间至浓至真的情意，到最后都是无以言表，在空气和时间里，像省略号一样，无声胜有声。

龙应台在《目送》里写："我慢慢地，慢慢地了解到，所谓父女母子一场，只不过意味着，你和他的缘分就是今生今世不断地在目送他的背影渐行渐远。你站立在小路的这一端，看着他逐渐消失在小路转弯的地方，而且，他用背影默默告诉你：不必追。"

许多时候，我们垂手无策，只能目送，目送年少者寻找他的新奇壮阔的世界，也目送年长者走向黑暗永寂的死亡。所有的话语都是多余，所有的不舍也终归变成无奈，这样一个无声目送的漫长旅程，最适合以一个省略号来表达。不说，一切都不说了，因为我们都懂。

仿佛一曲琵琶终了时，四弦裂帛，之后是唯见江心秋月白。貌似走向虚无，其实是抵达另一种存在，另一种无垠。每一场爱情和亲情，都可以在欢爱之后的沉寂里，在相聚之后的久别里，在不再言说的省略号里，化蝶成为永恒。

书名号

但凡一个汉字，一旦被收进了书名号里，便仿佛登上圣坛，不由人对那汉字生了敬重心。

同样，再素朴的姓名，一旦追溯出书香门第，也就倏然散射出一层异样的光芒。

还记得，当年读小学，小学校长的家便被我们尊为神圣的书香之家。小学校长家有个女儿，在我们眼里，她自然算得上好出身了，那叫生长于书香门第。

书香门第多好啊！即使我们家和校长家一样，菜园里都有西红柿和丝瓜，过端午都会吃粽子，过年都会杀掉大黑猪，但我们家到底不是书香之家。每念及此，就觉得一颗心就要低到尘埃里，但是开不出花来。于是，看校长家的女儿，和我们几乎同龄的那个女孩，那个出身书香门第的女孩，就有了隔岸的味道。

隔岸地关注她。她夏天不穿漂亮的白裙子，而是穿长衣长裤，在我们眼里，仿佛那是因为她使命在身，必要的中性打扮，才担得起那使命。一直地关注她。她上中学了，会打听她成绩好不好；她中学毕业了，会追问她考到哪里去了。她嫁了什么人？做着什么样的工作？还漂亮不漂亮？幸福不幸福？

"孤帆远影碧空尽，唯见长江天际流。"关注一个出身书香之家的女孩，大抵就像这样。身边的人几乎都忘记了她，时空里已经没有了她的影子与己交集，孤帆早已远去，只剩滔滔的时间流水，可是我还痴痴地站在时间的岸边遥望追寻。这样的关注，其实是仰望了。不过是一个普通的女孩，只因为出身稍微不同而已。所以，与其说是仰望一个女孩，不如说是在仰望书香，仰望文化。因为那时，他们家比我们家更有文化。

成年以后，偶尔想起童年少年时的那些小心思，咀嚼起来，依然有一种妙处和生动。因为仰望，所以一路长大，总是不由想要与书亲近，与所有有文化内涵的物事亲近。

交往的朋友，也多是好书之人。一次，与朋友聊天，朋友跟我描述他的书房种种，心里暗暗向往。后来，去朋友所在的城市，抽空登门拜访，只为了看他的书房。果然是个大书房，靠墙一面，是巍巍耸立的几大排木褐色书橱，书橱里自然填满了书。书橱正对面，一张大书桌，上面笔墨纸砚贞静伺候。我坐在他的书房里，和他喝茶闲聊，聊阅读，聊写字，也聊从前的老时光，在乡下成长的少年时光。渡船，落日，青草，露水……还有借书还书的美妙经历。我没有朋友那么大的书房，但是，我很享受在自己的家里到处放书。床头有书，沙发上有书，茶几和饭桌上也是书……夏日，身着长裙，赤脚慵懒地走在地板上，裙摆拂过脚踝，也拂过这高高低低散落在地板和堆叠在桌脚的书们，心里有坐拥天下粮仓的得意和美意。不禁自问：哪里需要仰望小学校长家，这里就是书香之室啊，一低头，一拈页，只觉自己的世界辽阔无疆。

先生的朋友是个出色的企业家，在给职工发放年终奖时，他给每位职工额外赠送一套《平凡的世界》。我们聊天，聊《平凡的世界》，他跟我说，二十年前读《平凡的世界》，那时眼底有泪，现在重读，已经没有了泪水。因为，只有奋斗过的人，艰难奋斗过的人，回头看小说中的兄弟经历，才会明白，那不只是苦难，那就是生活。生活，只需面对，无须流泪。和这位企业家朋友聊天之后，我很感动，很复杂的感动，关于人生，关于苦难，也关于阅读。是生活和阅读，让我们的心灵，越来越深厚，也越来越谦卑。企业家也曾经是乡下长大的孩子，少年时候爱读书，长大之后还是爱读书。少年时候，读书是饭食；长大之后，读书是他贴身的棉衣。

当我在电脑上敲出一个书名号时，我忽然觉得它很像篱笆，旧时乡下人家用瘦竹交错插放围起来的篱笆，篱笆里面，是端庄的一户人家。

现在，我们用阅读来围绕，围绕一个居住心灵的家。一个充满书香的心灵，才是值得郑重，值得仰望。

问 号

问号，许多时候表达的不是疑问，而是清醒。

先生有一位朋友，是做企业的，为人谦卑平和。有一次，我们一起吃饭，饭后，我好奇地问他关于企业和企业家的种种。他彼时坐在椅子上，双手平搭在膝盖，很随意的一个坐姿，然后轻轻说："我时常问自己，我是什么人？我在做什么？我将来做什么？"我听后，内心凛然一惊，这惊里有钦敬。

和我聊天的这个企业家，这个中年男人，内心一直郑重端放着三个问号。他通过这样的自问，来自策，自省。自己的位置，生活的重点，将来的方向，这些最本质的东西，在这些自问里不断被强化，所以，他不至于在众人围绕的煊赫时光里飘飘然迷失自己。内心端放着三个问号的男人，是有重心的男人，有底座的男人，像个不倒翁，外人怎么吹怎么推，他至多晃几晃，又立定了。

我想，做人就应该这样，内心装几个问号，时时问自己。问一问，人生方向就清晰了，人生重点就突出了。

安静无扰时，我也时常问自己：你是谁？什么才是你最重要的？在众声喧哗面前，你应该立定心意去做什么？当我问过，内心倏然清朗明净：我不是美女，不是作家，我最本色的身份是母亲、妻子和女儿，然后才是一个业余写作者。当我明白了自己的身份，也就明白了什么是最重要的，明白了此刻的我最该做的是什么。至于写作，至于将来，我更明白，所有人都有江郎才尽的一天，那时，我将坦然面对，及时优雅地退场。所以，写作真的不是最重要的，享受生命中的一切美好，珍视上天赐予的一个平凡生命的一切，才最重要。

因为这样的自问，所以我目光笃定。我不轻易迷途，即使迷途，也能很快知返。

屈原的《天问》无疑是一部伟大的作品，短短的四言句式，滔滔而下如江河奔流。诗句中间，那么多的问号，纵横神州，穿越千古，貌似在发问，其实是铿锵有力的鼓点在震撼人心灵，让人不由仰视。通过一个个问句，探索宇宙，评判历史；对政治发表见解，对传说提出怀疑。这些连绵不断的问号，让一介文弱书生的形象，在高山大川面前，也巍然高大起来，深厚起来。

八七版电视剧《红楼梦》的音乐作者王立平先生，在谈到创作《葬花吟》的音乐时，他说他将《葬花吟》写成了一首"天问"。他说，在《红楼梦》里的众多女子之中，曹雪芹厚爱林黛玉，是因为林黛玉是最聪明的一个，也是最清醒的一个，所以她也就最痛苦，而且痛苦得最深重。在充满折磨和煎熬的创作过程中，当王立平先生读到纸上那句"天尽头，何处有香丘"时，忽然顿悟："这哪里是低头葬花，分明就是昂首问天！"

也正是这一首"天问"式的《葬花吟》音乐，让我们每回听，每回都惆怅不尽，感慨不尽。

"天尽头，何处有香丘？未若锦囊收艳骨，一抔净土掩风流。质本洁来还洁去，强于污淖陷沟渠……"聪明如黛玉，在葬花时，在那昂首的一问里，已经预见了自己的命运——质本洁来还洁去，来也干净，去也干净。这聪明，归根结底，还是清醒，难得的清醒。

不论自问，还是天问，我们这一生，我们这颗心，还是要珍藏几个问号的。

修饰语

过了疯狂收集形容词的年代后，转身再看别人喜欢在形容词上搞排场，总会莞尔。

慢慢就不迷恋和相信形容词了，因为它们多数时候在句子里就是充当修饰语的作用。他们不及物，不能直捣黄龙。修饰语就是修饰语，像客客气气的亲戚，来了相媚好，不来各自安。

从形容词开始，慢慢就疏离了一些修饰语，以为自己从此可以独行，素面朝天地写些不邀宠的文字。可是，忽一日，又感慨起修饰语自有它存在的理由与妙处。

是暑夏，大街上卖西瓜的车子绿岛一般罗列，层叠如山的西瓜中间，放一个扩音喇叭：大西瓜好甜好甜哦！一路吆喝。走过街角，又是一个西瓜摊，卖瓜的中年女人肤色明净，她的大喇叭喊出的句子，有些令人心动。"青藤活叶的大西瓜，好甜好甜哦！"我就停了步子，忍不住停了。"青藤活叶"，真好，汉语就是这么美妙。她用了"青藤活叶"来修饰她的大西瓜，令她的大西瓜在听觉和情感上一下就突出出来了，就不同于别人的大西瓜了。青藤活叶，想象她的西瓜躺在车子里，都是醒着的，藤蔓青葱缠绕瓜身，一片片瓜叶活泼泼摇曳，似有露珠在上面滚动。这样的瓜是拖家带口地来了，热闹有喜气；而别人的瓜，光秃秃来到市井，无藤无叶，是孤独的，是木讷的，是一觉睡死过去醒不来的。

原来，我们的生活中，是多么需要修饰语啊！

我们需要不能吃的藤和叶来陪着修饰可吃的大西瓜一块儿兜售，需要在赤裸裸的生活本质之外，披上一件并无实质作用的外衣。

我们住一座房子，还是喜欢房子边立着那么几棵乔木或灌木，哪怕乔木是不属于自己的，哪怕灌木是不成材的。有树有花就好，花树原来也是来修饰我们的那一座房子的。我们还希望这树上能住上一窝不知名的鸟，哪怕这鸟到了秋天招呼不打就飞去了南方，有那么几个月的鸟鸣修饰一个清晨，修饰半片天空，都是极美的。

有那么一些闲适的下午，会泡一杯绿茶，放在桌边，陪自己。其实，也不是贪恋茶到骨子里的那种茶人。没有茶，我也会度过一段清寂时光。可是，有了一杯茶在身边，我就是一个有了依靠的人，就是一个名词找到了可凭依的那个形容词，时光有了小小的繁华生动。

有一年，出门学习，地点在山中。晚饭后，和朋友相约散步。我们走在房舍外的蜿蜒山路上，山月小小的，在头顶，纽扣一般朴素可亲。路旁的草丛里，蛐蛐们长一声短一声地细细叫着，仿佛在抒情，是一首小令。我们说到各自的理想，算是理想吧。朋友问我："你会一辈子写下去吗？"我一听，心下骇然。一辈子写着，与文字抵死纠缠，漫漫无期，多么可怕。

也是在山中的那一夜，我问过自己，并做下决定：我是我，我要独行下去，文字只是生命中的一个修饰语，是暂时的傍依，是暂时的相伴欢喜，是暂时的热闹。就像那夜的山月，小小的，衬托着一个湿漉漉的清夜。

读佛书，对美人

"读佛书，宜对美人。"说的是读书之理，细品之下，分明又藏着生活之理。

明代吴从先有篇读书小品《赏心乐事》："读史宜映雪，以莹玄鉴。读子宜伴月，以寄远神。读佛书宜对美人，以挽堕空……"我欢喜上了这一句："读佛书，宜对美人，以挽堕空。"大概是，一味读关乎人生空幻的言论，难免思想受其濡染与左右，易生遁空心，所以需身边常坐美人，让美人的眼神做一根柔软的丝线，拉一拉，一颗浮在白云深处的薄薄的心，便妥帖地落下来了，蝴蝶一样敛翅在牡丹花端。是这样回了头——在看到了人生的苦短、诸缘最后难免成空的生命本质时，也懂得眼下美人的可爱与可珍惜。生命在两个极点之间移动，于是越发呈现其宽阔悠远的空间与丰美绰约的姿态来。

容我歪读一下，我把"读佛书"读成了出世，把"对美人"读成了入世，那么，我想，一个人立身处世，既要抱有一份出世的清明之心，又要给人一种积极入世的妥帖安稳。他能从容地从五月蒿草一样繁芜冗杂的俗世里脱身出来，跳开到拥挤喧嚣的人圈子之外，立身在高处的清寒空旷里回看人世庸常。可是，又有一种低头的谦卑，有一种入世经营小生活的可爱和情趣。多情不滥情诳人，多才不恃才诳世。

我想起宋代的苏东坡来。这个在出世与入世之间两头奔波的人。外人以为他突围得辛苦艰难，哪里懂得生之乐趣却在这来去的两根线上悠悠荡出曲线式的美感来，如同斜风微雨里立在两根悠长电线上春啼的鸟，一声一句，引来多少人驻足聆听呼应！"我欲乘风归去，又恐琼楼玉宇，高处不胜寒。起舞弄清影，何似在人间！"还是人间好啊！

闲暇时，我喜欢哼唱几句黄梅戏，唱的频的是黄梅戏《牛郎织女》里"到底人间欢乐多"这个唱段。"架上累累悬瓜果，风吹稻海荡金波，夜静犹闻人笑语，到底人间欢乐多……休要愁眉长锁，莫把时光错过，到人间巧手同绣好山河。"织女是高处的仙人，仙人懂得一味在浩瀚无际的精神天宇里建筑世界难免寡味无趣。而人间低处的小生活是这样活色生香，像雨后堤畔上柔嫩的新草，像晨露晃动的水光里娇媚的红茶花，叶叶朵朵是那样人见犹怜。生活在暂时的辛劳与寻觅之后，会及时呈现它繁丽的色彩来，实在叫人流连。所以吟罢"十年生死两茫茫"这样悲怆词句的苏东坡，晚年却也能和家婢出身的王朝云琴瑟和谐地过日子，在被皇帝老儿一贬再贬至蛮荒处，却也居有翠竹、吃有流传至今的美肴"东坡肉"。一半风雅一半烟火，是亦仙亦俗的苏家才子东坡。

在写字的间隙里，我也常常喜欢偷着空儿地玩玩小生活。放着一个谋划已久的中篇小说半途撤下来，不写，却反去铺子里转，扯几尺花布回来，动动剪刀扯扯尺子，给自己缝一件新衣裳。这新衣是自己设计自己裁剪，自然成为孤本级别的宠儿，穿越红尘闹市，再无撞衫之忧。我以为，成为一个优秀作家的理想太盛大太邈远，我不想因为追求宏大而忽视此下的细节，人生需要一处处闲笔来点缀丰满，所以，我很在意现世现时，做一个有滋有味的小女子。在朝着空阔庄严的理想前方迈步时，我会常常停下来，养花，种菜，裁衣，谈谈小恋爱。像一个赶路的人，会不时伫立榆荫松下，听听泉声，等等凉风，与一些陌生的路人搭讪几句。文字里混得久了，人就容易堕空，容易形而上，需要在烟火小生活里折转腰身舞袖弄眉，充当一回又一回人间的小戏子。

在俗世里混腻了，又回头来，在夜间灯下，抚玩古人这一句："读佛书，宜对美人。"玩着玩着，又有发现：其实读美人时，也宜常翻翻佛书的。唯这样，人才不至于太耽于声色、流于庸俗。如果荡开了说去，说"美人"是这个喧嚣纷繁的声色世界，是物质的，那么"佛书"便是我们苦苦追求的安详宁静的精神世界吧。

需要静下来了，需要清理一下内心，面对物欲美人时，适时地转身来读读佛书，读读清风明月，读读使自己精神不再虚弱萎靡的一切真善美之物。不必要找到那棵菩提树，不必要对着明镜台，任何一棵松下，任何一块石上，谁都可以在俗世里，做一个心灵轻盈洁净的精神境界的富有者。

是的，读美人时，也不妨翻看佛书。

第六辑

人间春秋

花前合掌

惊蛰一过，楼外花开一日繁过一日。这繁，是繁丽，是繁密，更是繁忙。

春风里闭了眼，仿佛有无数个姑娘，红裙翠袄，在那里理扇，展屏，放下罗帐……花开里，春有了层次，有了深度，有了动静，有了节日的仪式感。

但这个庚子的春天，仿佛立于险境。闭门不出，日日楼上俯瞰花开，常生隔岸之感。这个春天，因为疫情，花开分外有远意。

楼下有几株玉兰，立春时，那一个个赭褐色的小花蕾像打点好的包裹。一树的蕾，像是千百名整装待发的兵。那时，我默立窗边，想着花开时，我一定可以堂皇下楼，堂皇在花下流连，花荫下打盹，把春光过得像词牌名"醉花阴"。

困居楼上，一边读书，一边等。等着等着，那窗外的玉兰花蕾便一日日胖起来，毛茸茸的花梗处吐出一笔一笔的紫色来——是紫玉兰。那些紫玉兰，亭亭直立于枝间，每一朵花儿都开得似乎特别有信仰，它们心意一致，齐齐朝着天空打开花冠——花开，总令人增添希望。春天，到底是春天，不曾漏下这一笔重彩。在这个疫情还没解除的春天，在许多人还奔忙于抗击疫情的战场时，此刻看着花开，格外令人感奋和慨然。

楼前有一条细细小河，河边一排临水的垂柳。也是立春前后，那柳条还是深色的，静默的，像一枝枝搁在砚边的细笔。春雨春风里，迷蒙的水汽里，柳条一日日醒来，一点点吐绿。那绿，起先像细小的雨点儿，打在水面上，后来便荡漾成一大圈一大圈儿的绿。我站在楼上阳台边，看那不断蔓延伸展的绿色，竟觉得那柳也是花儿了。

柳是绿色的花儿。

我这是"看碧成朱"了。是因为这个春天是狭窄的，足不出户，所以看柳成花吧。一点点生长的绿色，都能唤起潮涌的春心。

想起去年春天，在城南公园，是晚上，路灯下和两位体己的友人散步。一路走过，春风澹荡，春草在脚底蓬松柔软，我们碎碎说着寻常人间的日月光阴。彼时，一树一树的海棠花正盛开，在头顶，在肩边。粉色的，白色的，累累簇簇的垂丝海棠，在月光下，在路灯朦胧的光色里，开得浪花飞溅。我和友人纷纷掏手机，来拍月下海棠。

此刻回想，已经又是一个春天了。想必，今春的海棠也一定如约盛开，甚至比昔年更盛——人间到底还是风光如画，阴霾、风霜、冰雪，各样的磨难总也挡不住春的步伐。

在这个春天，我常常会抑制不住地流泪，为身处疫难中的同胞。生命是脆弱的，它有时薄得就像一片花瓣，一阵风就能将它收走。在这个春天里，也有天使收敛翅膀，像花儿一样过早凋谢。在治病救人、抗击疫情的职责里，他们的生命永远定格在这个花开的春天。他们让这个春天，变得凝重，变得沉甸甸。

可是，生命，又是顽强的。当一场疫情黑云压城一般，笼罩在江城武汉的天空时，才发现，"我"从来就不是一个单薄的"我"，"我"是群体的一部分，是"我们"的一部分。"我们"相携握紧手，不轻易让一个"我"走丢。流泪时，"我们"的泪水会交汇成同向的河流……有更多的人，他们是医生、警察、志愿者……他们逆行到武汉。他们像伟岸的乔木，撑起绿荫，撑起花开，撑起一片宁静无恙的岁月。他们，为我们撑起人间的春天。撑起我们对春天的信念，花会蓬勃地开了又开，英雄会踏着萋萋芳草，平安归来……

在这个别样的春天，我常站在楼上，俯对楼下花开柳发，默然良久。这默然，是对溘然长逝的生命的哀痛，是对勇敢坚定的逆行者的礼敬，是对浩瀚春天的向往，是对人间平安无恙的祈祷……

在花开对面，我低眉合掌，十指在额。

水墨春雨天

一过立春，这江南江北，便阴进了多情多愁多雨天。

初醒的大地，是一张古旧宣纸，从老先生的橱顶上抽出来，柔柔铺展开。绵绵春雨缤纷下着，不知朝暮。

天幕浅灰低垂，隔江的江南丘陵在视野之末，云气雾气的，仿佛一团重重叠叠的淡墨在宣纸上初初洇开。远山，远树，远的街市与村落，都汪在一片朦胧隐约的水汽里。

是啊，春雨的腰身这样细，脚尖子撂得这样轻。只听见那霏霏簌簌的雨声，絮语一般，又如何能一眼捉住雨的形迹？

一带长江在雨里。昏黄的江水，被千万条雨丝罩着，色泽层层浅下去，近于国画里意蕴深长的留白了。一条淡赭石色染出来的渔船，泊在深赭石色的江岸边，刚放学的孩子扛着一把杏黄色的布伞，轻捷踏上一条长长的木跳板。跳板在雨里轻轻颤动，送孩子回到渔船上。船舱里一个女人，在舱口对着天光补网，她一定是那个孩子的阿妈了。阿爸在哪里呢？春雨不紧不慢，依旧那么织渔网一般细针密线地飘着，江水苍茫。将目光送远些，在白水长天之间，会看见浓重的一点墨影，上面隐约摇着一点朱红的旗子，想必就是他了。阿爸在江上捕鱼，阿妈在船上补网，孩子在岸上上学……天黑，他们就团聚在这条长年泊在岸边的船做的家里。辛劳抑或轻盈，灰暗抑或清新，一切都在春雨天里。

迷蒙的江天之间，七八点淡黑鸟影浮在雨气里，或疏或密地排列，翩翩过江来。柳树林里或许有他们的巢，天已灰沉沉地进入暮晚。柳树正抽青，抽得起了烟，在微雨里婆娑恍惚。江滩上芦芽已出土，在雨里身姿挺拔，当头一截石青色的梢子，有剑气。但春雨这管细密羊毫当空里下来，斜斜抹了又抹，芦芽们就朦胧在漫漶水汽里了，成了毛茸茸的细乱线条。

江堤之内，是喜乐悲愁茂盛生长的人间。

高高低低的房子错杂在潮湿的空气里，色淡的是新式的平顶水泥制楼房，色浓的是老式的青砖黑瓦的房子。房前围着低矮的院墙，房后立着高大的桑树或榆树。那些树野着性子生长，枝干粗黑横斜，无章无法；而叶子们还只是薄薄一层浅的柳黄，还没来得及泼染头顶那小半块天空。院子里杏花在开，蓬勃的一树，湿冷的清芬，蜜蜂未扰。雨在下，花在开，新蕾叠着旧红，湿漉漉分不出层次。花都开糊了。星星点点的胭脂红在雨水里化开，成了一大团粉色，修饰着粉墙斑驳的人家，烘托这色调疏淡水墨氤氲的江北春雨天。

日暮苍山远 / 许冬林

写雨的诗词里，我只偏爱两首。一首是晏几道的《临江仙》，"落花人独立，微雨燕双飞。"想着那情景：庭中落红纷纷，窗里人伶仃空寂；湿了翅膀的燕子双双飞到屋檐下，叽叽喳喳交流着雨的温凉，不解人的落寞……再怎样热闹的桃花天，也要在这样的寂寞中凉下来了吧，凉成一帧黑白的老照片：落花，微雨，双燕，独人。浅灰的天空下，一地碎碎白白的落花，几条疏朗线条里，淡墨晕开一个低眉的人，头顶上是墨色的一双喜喳喳的燕子。落花天，在一双燕翼下，越发叫人惆怅了。

南宋词人蒋捷的《虞美人·听雨》，也是少年时喜读的一首词。"少年听雨歌楼上，红烛昏罗帐。壮年听雨客舟中，江阔云低，断雁叫西风。而今听雨僧庐下，鬓已星星也。悲欢离合总无情，一任阶前，点滴到天明。"年少时，读这首词，偏爱"少年听雨歌楼上，红烛昏罗帐"这一句。觉得那雨应是一场旖旎的春雨了，少年多才又多情，放荡不羁，人在歌楼，帘外雨潺潺，眼前红烛昏沉，罗帐内佳人慵懒迷离。人生年少，是这样的轻狂与得意！直到多年以后，直到自己也经历悲苦与辛酸之后，才终于掂量出后面那几句的沉重。壮年听雨客舟中，这雨是饱经离乱黄叶纷飞的秋雨了；而今听雨僧庐下，这雨是心志湮灭的枯寂冬雨吧。人生，在这听雨里，就这样由色彩繁丽，走向了凛然萧瑟的黑白，走成了一幅水墨世界：一切都瘦了，淡了，空了，只剩下寒山远寺，云水茫茫。

　　窸窣雨声里，我翻着旧书里读过的旧词，心上淋淋漓漓，觉得自己也融化成了一滴潮凉的液体。我是什么呢？是羊毫尖子上一滴将落未落的墨？还是雨过春晓落花上盈盈晃动的一滴、未干的雨珠子？

二月懒

　　江北二月了，人从窗子里探出头来，抬眼遥看江南的那些山，熬了一个冬，山在双眸里衣带渐宽，纷纷瘦了一圈。

　　院子里有两株蜡梅，一株红梅，因为少了去年冬天一场盛大的飞雪，开得甚是寡欢。

　　午后，单位大院里看不见人影，也听不见人声，我百无聊赖，去看它们。它们还在零零碎碎地开，院墙边，仿佛一个旧时女子，依在窗台边，给一件半旧的衫子钉那些松落的纽扣，找一粒，钉一粒，意兴阑珊。

　　蜡梅的瓣在二月的风里，旧了一点，有潦倒状，仿佛独居的妇人，不见画眉人，懒得自己修饰。红梅也没有画里的重彩，是深红的颜料里兑了水，浓度不如从前。

　　枝上开的，渐开渐寥落，眼看撑不了场子；地下落的，香气一日淡一日，美人迟暮。

　　人在花前，看见时光的步子在这些花朵上走得分外迟缓，仿佛打着瞌睡。有半个二月，大抵是这样，我什么都不愿去做，不愿去想，只愿守在几株梅树边，它懒懒地开，我懒懒地看，直看到时间的口袋翻出苍灰的底子，空空如也。

江北的二月，总像个初孕的妇人，恹恹的，有心思的样子，有一点低迷。虽然立了春，可薄凉之气还没有褪尽，像一碗中药咬牙喝尽，还残存一点药渣在碗底。

天色也不明朗，烟雨迷蒙的时候居多，人，树，桥，屋……一切都像是墨点落在隔年的旧宣纸上。这样的天气，人总有几分病态，喜欢窝在床上，喜欢对着幽暗的灯，怀里抱本书，有种迷醉。

二月无心写字，只依在灯下看张岱的《湖心亭看雪》，一遍又一遍地读："天与云与山与水，上下一白。湖上影子，惟长堤一痕，湖心亭一点，与余舟一芥，舟中人两三粒而已。"这样简洁的白描文字，是"懒人"写的吧。好的文字要有点懒的精神，撇开层层堆砌的形容词，只玩玩名词和数词，只拿素面对人，偶尔动词来出些风头。就像人在二月，避开那些熙熙攘攘的喧哗，只懒在一室之内，只过着清闲的白描一样的分分秒秒。不虚饰，不强欢，简洁到没有形容词来前缀后缀。

江北的二月，迎春花没有开，玉兰花也没有开，水边的垂柳隔了岸去看，也还难见青衫新着的绿意，日子寡淡得像一块素色的手帕，只适合把一张脸埋进去，千里万里地思念。

思念是慵懒的。

这个季节，我整个的人就溺陷在一首深情低回的歌曲里。是陈奕迅的《好久不见》：你会不会忽然的出现 / 在街角的咖啡店 / 我会带着笑脸，回首寒暄 / 和你坐着聊聊天 / 我多么想和你见一面 / 看看你最近改变 / 不再去说从前，只是说一句 / 好久不见。我喜欢沉浸在这样的情怀里，多少欢喜与眷念都不说了，只渴望有一次寒暄聊天的机会，只和一个人说句"好久不见"。这是素色的思念。像我在这个季节，对于姹紫嫣红的春色的惦记。

是的，薄寒的二月风里，我情怀缱绻，像思念情人一样思念红深绿浅的明媚春光。我痴想着，某日早起，站在窗台边梳妆，忽然看见院子里的桃花开了一朵两朵，人面桃花啊，我轻叹一声：好久不见！

鸟　喧

露水的清凉气息里听一声鸟喧，便觉得一脚滑回到少年，洁净清美的少年。扑蝶追萤，明眸皓齿的人在眼前，在同样青嫩的时光里，还没旧，还没老。

如今，丽人皆成旧人。旧人也杳然，只剩了一颗鸟喧声里碎碎怀想的心。

"竹喧归浣女，莲动下渔舟。"是王维的句子，极有风情美，像我的少女年代。这竹喧里有穿林的风声，更多是鸟声吧。每每春夏之间，薄雨过后，独自坐在清寂的香樟荫下，读王维的诗，恍惚中整个人儿羽化了，悠悠漾在绿意和凉意里。想想，夏日的清晨，溪边草木上的露水将干未干，一位山村人家的女儿，着红襦青裙，迤逦地，从林荫小道深处走来。她提着一筐浣洗过后的纱衣，纱衣洁白，身后的林荫路细细。竹林上下，鸟喧四起，一滴露水掉下来，滴在眉尖上。一个姑娘，纯洁得如新浣过的纱衣，就这样在唐代的鸟喧声里，兀自生动起来。

我曾经也是那样的浣衣女啊，十几岁，暑假里，担下家务，和堂姐一起在长宁河边，在长长的青条石上洗一家人的衣服，河对岸有少年在那里吹口哨，像一只茅檐下的留鸟，终年唧唧不休。假装没听到，低头洗衣，鹧鸪一声声长鸣，掠过湖面和柳梢，心在那样的鸟喧声里悠悠荡荡，如涟漪晕开。

我现在住的房子很旧，快二十年了。老房子有老房子的好，前后高树成荫，鸟们也住进了树丛里，与我久住成邻。清晨，阳光薄薄地筛进了枝叶里，团团片片，躲闪蹦跳，鸟羽一般。一树的鸟，几十只，在里面唧唧复唧唧。不知道是忙着复习考试，还是在吹吹打打忙着嫁娶。又忙又乱，充满喜气，充满平民生活的烟火气。

我常站在窗边，偷窥他们的生活。这么多年，芳邻没换，还是喜鹊和麻雀。我跟朋友说，我的房子是老版本的，老公是老版本的，一树的鸟邻，也是老版本的。这老版本的雀儿们，日日年年在窗外，像老友。人生总要有那么几个老友来掂掂底：少年时认识，交往至今，彼此在一起消闲，喝茶，嗑瓜子，胡侃。不觉时光流逝，不觉老之将至。

初夏时分，常听到布谷鸟的叫声。尤其是夜晚，彼时，明月已升人已静，慵懒卧于灯下，灯光低迷，人渐蒙眬入睡。忽然间，听见远远传来清寂的鸟声，在空旷的田野上，心儿像被冷露濡湿，倏然忧伤起来；像有一副春犁在心里翻，翻出乡情和相思。"布谷布谷——布谷布谷——"，极有韵律，似旧人在诗文里咏叹。深夜听布谷的叫声，这叫声是旧恋重逢时，他隔座低声轻问：你还好吗，你还好吗。心就这样从身体里漏出来，水一般漏出来，成溪成河，冷冷澹澹地到了远方，不能回来。于是，无眠，在布谷鸟声唱起的夜晚。

"人闲桂花落，夜静春山空。月出惊山鸟，时鸣春涧中。"也是王维的诗句。窗外的山，还是春天时的那个山，鸟鸣也一如春涧里的鸟鸣，只是时光已经不是，不是春天的了。在中年的闲寂和凄清里，嗅桂子的清芬，听秋鸟的夜鸣，心就这么一点一点沉静下来，觉得世界也在这静寂里变得古意而空寂起来。觉得万物都那么远，那么静，只有从前，是近的，近在心底。

人是一只鸟。有时是麻雀，和众鸟齐鸣，那么热闹，那么烟火生动。有时是半夜月下的一只布谷，独自唱起饶有平仄的句子，清凉的句子。

鸟喧声里，忆新新旧旧堆叠的年华，一个声音在轻问：你是谁不变的版本？是谁在露水瀼瀼的清凉之夜、远远想起的少年旧人？

养一畦露水

露水是下在乡村的。只有古老的山野乡村，才养得活精灵一样的露水。

童年时，在露水里泡大，以为露水是入不得诗文的，直到读《诗经》里的《蒹葭》才开了心窗。"蒹葭苍苍，白露为霜。所谓伊人，在水一方。"古老的风情画呈现于眼前：雾色迷蒙，芦苇郁郁苍苍，美丽的女子在露水的清凉气息里如远如近……

我的童年里也有睡在苇叶上的露水，但那是另一种风情。生产队里养着一条褐色水牛，农忙时节，孩子们大清早起来割牛草。我和远房堂姐相约着，去村西河边的芦苇荡里割草。卷起裤管下去，脚下的软泥滑腻清凉，芦苇一碰，露水珠子簌簌洒一身。从脖子到后脊，到前胸，露水的凉意在皮肤上蔓延，还似乎带着微甜的味道。苇丛里的青草又长又嫩，几刀便可割一大把，有时还顺便割一把细嫩的水芹，算作中饭菜。出了芦苇荡，几个大青草把子拎在手上，一路滴着露水。我们的头发和衣服，也被露水打得湿透。仿佛洗了

个露水浴，脸上，身上，眉毛上眼睛里，皆是露水。白露未
晞。白露未已。

那时候过暑假，晚上不爱在家里睡觉，而是在平房顶上
露宿。堂姐堂哥堂弟，叽叽喳喳的一大群，自带凉席，都来
我家的平房顶上睡觉。我们简直成了原始部落，月光为帐，
星星为灯，感觉自己就那么睡在天地之间，也像草叶子上的
一滴露水。到后半夜，露水重重地下来，裹身的毯子又凉又
软，翻个身，贴着堂姐的后背，听她说断断续续的梦话，窃
窃想笑。星星在耳边，垂垂欲落，虫声蛙声都已歇了，四下
阒寂。满世界，只剩下了露水的清凉气息在流散、漫溢。露
水里睡着，露水里醒来。清晨下房顶，常看见邻家的瓦楞上
结着蛛网，蛛网上也悬挂着露珠，亮晶晶的，在晨风里摇摇
欲坠。

暑假一过，初秋早晨上学，穿过弯弯曲曲的田埂，也是
一路蹚着露水去学校。到学校，一双小脚泡得好白，又白又
凉，嫩藕一般，脚丫里有草屑和碎小的野花。那时候，常提
着凉鞋上学，到了学校后，才下到校前的池塘边，洗掉脚上
的草屑和野花，将一双被露水洗得格外好看的小脚插进凉鞋
里。有时不舍得插：是露水让一个乡下小姑娘拥有了一双不
为外人知晓的好看的脚。

成年之后，庸庸碌碌，在家和单位之间来回折返，过着
千篇一律的两点一线式生活。有一日，读《枕草子》里写露
水的几句，才想起自己似乎好多年没看见露水了。忙时只顾

着抬头往前赶路，快！快！闲时只想饱饱地睡会儿懒觉，起床时，草木上的露水已经遁形。以至以为：露水，是只下在童年的！

当然不是。露水一直在下，下在童年，下在乡村，下在有闲情闲趣的人那里。

《枕草子》里写露水的笔墨多而有情趣，而我最爱玩味的是这一句："我注意到皇后御前的草长得挺高又茂密，遂建议：'怎么任它长得这么高呀，不会叫人来芟除吗？'没想到，却听见宰相之君的声音答说：'故意留着，让它们沾上露，好让皇后娘娘赏览的。'真有意思。"读到这里，我恍然觉得游离多年的一片小魂儿给招回来了。养花种草，不是目的，是为了给一个闲淡的女人去看清晨的露。烽火戏诸侯，裂帛博取美人笑，都不及人家种草来养露水的风雅。

我读着《枕草子》，不觉痴想起来。痴想有一天，能拥有一座带庭院的房子，四围草木葱茏。院子里，种花种菜种草，一畦一畦的。清晨起来，临窗赏览，看一畦一畦的露水，都是我养的。

养一畦露水。在露水里养一个清凉的自己。生命短暂渺小，唯求澄澈晶莹，无尘无染。让美好持续，一如少年时。

秋 心

一

吃午饭的时候，他才说，今天立秋。

都立秋了！

仿佛少年时候，被老师当头一棒敲下，心下羞惭，自觉又漏掉一大钵子时光，没好自珍重着。现在，是羞惭里又掺夹着糊涂，嫌立秋来得早了，竟有些不信。

想着早上是在雨声里醒来，滴滴答答的雨声，倒很像一个中年的女人絮絮叨叨，没有高潮也没有结尾的絮叨。就觉得这天气有那么点意思了，是秋的意思。

秋天让人思远。

很早很早之前，我总觉得，我会在一个秋天里出发，去远方。白云悠悠秋水浩茫的远方啊。

如今只是想想，而已。不想背包去远方了，不想了。

秋天原本就是一个蕴含着远意的季节。

中年立秋。

已经在远方了。

二

中秋夜，一家人合放一只孔明灯。我和儿子都在孔明灯上写了各自的愿望。

我到底是贪心的。愿望写了好几个，还不舍得停笔。希望每一朵花都能结果，希望每一个愿望都要实现。

散步一趟，回家来听一段京剧，是李胜素的《贵妃醉酒》"见玉兔啊，玉兔又早东升！那冰轮离海岛，乾坤分外明……"

听罢京剧来阳台，独自赏月。是一轮明净的圆月，果然冰轮一般，自不太高的楼顶之上攀升，端庄而雍容。这样的月亮，应该是龙王的女儿的化身，因为龙女终生住在水里，只有浩瀚白水才能养出这么一轮澄澈而又透着贵气的月亮。

韦庄写过一句词："垆边人似月。"喜欢了许多年，这一句。平凡如我等女子，要修炼多少重境界，才能脱胎换骨，在一个男人眼里，端然纯净自在圆满，又略带些不陷身于烟火的远意，怀揣素心，如一轮中秋之月啊！

三

秋日的一个黄昏，疏雨已停，空气似乎是蓝色的。回娘家。

娘家门前一棵石榴树，枝干瘦硬如黄庭坚的山谷体。这棵树是我少年时候亲手栽种的，如今，二十多年过去，我长大了，她也果实满枝了。我应该和她比赛，比赛结果子。

娘家的老房子已经多年无人住，父亲也只在过年时回去贴一副对联，如今里面漏雨厉害。走廊下堆放的木头，有满抱一怀那么粗，曾经父亲是想要打家具的，打牢固的家具，放在高大气派的新房子里，如今这些木头已经朽烂了。曾经，父亲是有理想的，他要盖一栋楼，楼外再围起一圈齐肩高的院子，院子里栽种四季的花树与果树。关上院门，属于他的小小的国度里，太平富足。

现在，这理想像基因一样遗传进了我的身体里。我跟他说，我要是有钱，我要买一块地，盖一栋小楼，小楼顶上可以闲看日落。还要再盖七八间临水的披有小瓦的平房，我安排一间作我的织布房，一间来和泥制陶，一间来写毛笔字。还要有一间，我砸竹造纸，在纸上写小楷，寄给不多的几个远方的友人……也要围起一个很大的院子，院子里有菜有花有果树有鸡鸭羊狗，有池塘有树林，夏可走曲径通幽，秋可看层林尽染。他笑，那起码得有百万千万的财富了！看来，我将像我的父亲一样，很悲剧地怀着抱负，眼睁睁看着它，很难实现。

夜读宋词，看见空怀抱负的人真是多啊，辛弃疾，陆游……后半生都在怅望家国江山的残缺中度掉了。苏轼病逝前，自题画像说自己"问汝平生功业，黄州惠州儋州"。一生如此辗转漂泊，谈何大理想呵！真恨不得将手伸到纸页深处去，与他们一揾襟上这共同的天涯泪。

　　站在中年这处人生之秋的点上，看看来路，望望去处，才知道人生的理想与抱负，像国画里山长水阔风烟迷蒙的远方，多数是一叶扁舟无法一一抵达的。大美不能，且就着些纸与墨来反复咏叹吧，人生大约也因此，呈现出一种忧伤低回的小美。

春如线

柳在唐人的诗句里多半是"如烟"的，烟都是浩茫的一片吧，应该是远观才有的效果。可见唐人赏柳大多是喜欢登了楼，登了城墙，或者隔了浩荡的江水。哪怕淡一点，淡如烟，要的是一种量上的层累所带来的壮阔之气象。

我想，柳在文人的视觉里近了，真切见形了，大约是在明后吧。在明人的笔下，它是"线"了，那是一种小庭小院的小格局的美，值得玩味。虽然唐人也有写"柳线"的句子，但实在寥寥，不及明人那样堂皇地端上来。《牡丹亭》里，一处的句子是："袅晴丝吹来闲庭院，摇漾春如线。停半晌，整花钿。"另一处更直白了："一丝丝垂杨线，一丢丢榆荚钱"。我就想，那一句"摇漾春如线"里，如线的更多是指柳吧。明人笔下的柳，小情小调，却另有一番风姿了。

我喜欢这"春如线"三个字，春色形象可感，是物质的，不抽象。一切细袅袅的，有新生之趣。

线，悠长，舒缓，绵软，兜兜转转，随心随意。人在如线春光里迈步子，那步子是慢的，心是软的，周身是浸出了几分仙气的，于是那日子过得再也不慌张和潦草。南门的护城河边也有六七棵老柳，雨水惊蛰之间，但见那柳条被敷上了一层薄薄的绿意，在微风里，对着盈盈的湖水，闲闲地摇着摆着，仿佛试穿新衣，要绾的要结的细带子是麻烦得多。那模样，竟也有了几分杜丽娘的"云髻罗梳还对镜，罗衣欲换更添香"。挽一把柳条在掌心，便又要惊叹起来，那分明真的是线啊，极细极软，枝底下在牵着捏着，枝梢子在抽！才发的柳叶像一朵细瓣的素色的花，被穿在一根根赭绿色的软而凉的线上，谁在半空里穿针引线啊，沾了春阳，沾了飞雨，这样闲淡地绣着罗绮春色？于是想起从前的关于柳的比喻，词语一头钻进"裙子""袖子"里，以为那才担得起柳的美，其实多么矫情而茫远，"线"才是最切近的。

在春天，如线的还有细雨，在老房子顶上，无声的，是斜的细线。或者在屋檐下滴的水，也是线，连上屋顶上的线，便是扯天扯地了。可是闭了眼，在心上伸手捞起的一把，还是那绣花丝线一样的柳条，雨侧身退到柳的后面去，它到底还是背景，是底子，柳线才是主角。春天如果有自己的姓氏，他首先应该是姓"柳"的。

《九九歌》里早就有："五九六九，沿河看柳；七九河开，八九雁来；九九加一九，耕牛遍地走。"如果说，这几句《九九歌》正勾染出一幅春色渐浓的图画，那我相信，那一位宇宙的丹青手提了笔，蘸了墨，画的第一笔定然是线条。可不是？柳在软风里勾了千万条的线，然后是冰融河开，褐色的鸭子在水上扑腾，呼应着天空中的来雁，在水墨画里，这都是"点"了。至于遍地耕牛，在斜风细雨里，怕是要调墨来着染的吧。人勤春早，正是从柳始。

画家吴冠中有幅作品叫《春如线》，这幅画里，看不见春天里某一个具体的物象，没有欲燃的一坡桃花，没有斜着翅膀半撑的黑布伞一样的燕子……有的只是点、线、面的交织、构成、组合，很是耐人寻味。那些纷繁曲折的线条，又以绿色居多，叫人想起的还是那河畔浪漫撩人的垂柳！长长短短，随风飘扬，偶尔纠缠，随即散开，除了垂柳，谁还敢大着胆子来将它指认作是自己？画家眼里的春天，也是如线的。

由此回溯，柳在中国人的水墨画里，大多是以线条的形象立在宣纸上的。中国人的春天，到了极处，便是桃红柳绿，桃红是点，是面，柳绿是线。这线到了画家笔下，又深远蕴藉起来。但到底还是"线"。

春如线啊！

一条河流的行走

河流该是大地的眼睛，还是大地难以弥合的伤口？一条河流在它命定的版图上到底能行走多远？

在长江的众多支流中，该怎样描述我和我的长宁河呢？我之前二十多年的岁月安顿在长宁河的怀里，长宁河的水要穿过两岸的田野和村落，再融入长江的怀里，像所有粗粗细细的血管一样，最终都奔赴心脏的位置。

永远记得父亲告诉我："这河是通长江的。"在我的脚步还没有迈出一座村庄的年月，父亲的话像是门缝里投进来的一线阳光，让我知道，门外还有一个世界，更宽广博大，玄妙神奇。于是喜欢专注地凝望一条河流，我想，有一天，我一定要沿着河堤，跟随一条流动的河流，阅过两岸层层叠叠的风景，到达长江，到达大海，到达远方。

在春天里，沿河堤行走，春风替柳树舒展开嫩绿的水袖，野蔷薇把深色、粉色、淡白的花簪在河堤的胸口。根根芦苇正清新挺拔，像俊秀的书生，自有一份独立于繁华世外的清高。就这样，长宁河在斑斓的画里静静地走着，演绎着它最初静好的岁月。暮春，野梨花缤纷落下，栗色的野梨便攀上了枝头。我是喜欢落花嫁于流水的，觉得流水会牵着野梨花碎碎白白的裙子，带她去往一个又一个未知的去处。心里替那些野梨儿叫屈，它们像农家小子光光的脑袋，被繁忙的大人锁在屋里，直到秋天才被放归大地。

我很想知道我纤瘦婉约的长宁河是怎样一路娉婷地走向长江的。小学毕业的那年暑假，我学会了游泳。在长宁河柔软澄碧的河水里，我舒展四肢，像鸟在天空的飞翔。在晚霞燃烧的河面，疲惫的我爬上了姑父的木船，船随流水依然向远方漂去。

我到达了一个叫作"龙塘"的地方。水面豁然开阔，一块半岛似的浅滩极优雅地伸到了河中央，上面是密密匝匝的芦苇，间或夹杂几棵树，结满了红的绿的圆果子。以至常看到银色的鱼鳞一闪，像得道高人，刚见他亮剑，倏忽间已没了踪影——水太深了。偌大的水面衬得我的小船更加渺小，我已经感到了丝丝惶恐，河岸和村落似乎离我远了点，此刻我唯一能抓牢的恐怕就是我的小船和小船正依赖的流水。我疑心从我家屋后流了那么些时日的河水，此刻都停留在这儿作暂时的休整，然后再整装出发。就这样，长宁河在它行走的途中向我展示了它全然陌生新奇的另一处风景。

再往下游，长宁河穿过两岸阴森肃穆的坟茔，不惊醒亡灵藏于大地的长梦。那时我已骑着车，追随长宁河的流水一路来到赵家桥——以前叫作"赵家渡"的地方。无论是渡还是桥，我都是喜欢的。渡，说明水面是宽阔的；桥，说明人力没有扼杀一条河流的流动。我知道，我已经离开我的村庄很远了，我跟随一条河流已经走得很远了。

那年暑假之后，我真的远远地离开了我的村庄，出门读书去了。然后是工作，是春燕衔泥一样的筑巢垒窝，有近十年的时间我没有再去寻觅一条河流的流向。如今，在我三十岁的这个秋天，在这个寂寞的午后，我又出发了。从当年脚步停泊的赵家桥出发，依然沿河而下。一路看见残荷的败叶，形只影单的，像是在低头打点归去的行囊。那些游鱼似乎不解忧伤，依然在清寒的水里泛着白鳞，自由来去。一些已经衰老腐烂，一些正在稚嫩生长，长宁河于不动声色中，诠释着人世玄机。河水之上，有三两只蜻蜓，扑扇着青灰的翅，凌波奔一片芦花而去，期冀在一片潦倒的芦丛里寄存余生。我已经觉出了河水步履的沉重与悲苦。

是的，长宁河停住了它的脚步。

在一个叫作"李家湾"的地方，在一片竹树环合的村庄里，一道闸门锁住了长宁河，像扼住了一个鲜活生命的咽喉。我放倒车子，瘫坐在闸顶上，二十年来，我一直坚信是河流就一定能走到长江和大海啊！长宁河把它的理想寄托在空间的行走里，我把我的理想寄托在时间的行走里，我和长宁河一样，都是大地上的行者，我以为行者都是无疆的啊！佛家说："自渡方能渡人"，被锁的长宁河又如何去承载我的一份继续前行的梦想呢？我纤瘦的长宁河，它像九月初三的月牙，因为一道闸门，便永失了长成浑圆莹白的满月的那天。一道闸门，锁住暗流汹涌，只在汛期来临时，才会开闸把长宁河的水交付给另一条河流——天河，再由天河经另一道闸口，回归长江。更多时候，长宁河像天河一样，到不了远方，在闸门里，和两岸的田野村庄相守着长久宁静的岁月。

我徘徊在长宁河的堤岸上，我怎能不徘徊呢！

河堤上，几排红红的高粱，挺直着腰身，给田野站岗；玲珑剔透的柿子和石榴守着农家人傍水的宅院，一派吉祥；河堤的另一边，沟渠里正淌着长宁河的水，田野里冬小麦和油菜正绿着……我仿佛听到了河流奔腾的声音，来自于庄稼果树的根茎叶和果，我想，那里流淌的该是长宁河的支流吧！

是的，我躺在大地上的长宁河，于困守中把自己的生命分成千万条支流，隐忍着伤口，在植物的身躯里站立起来，拥有了其他行走的河流所不可企及的高度！

花慢开

　　每天上班，要穿过一个水上公园，出来的时候，觉得自己俨然一个草木小妖，心里尽是对人世的感动与好奇。

　　这样微凉的初秋，吹着凉风，不起哀愁。走路的时候，会路过那些垂柳。垂柳在河边，依然绿得柔情。它们一丝丝一缕缕，垂挂于河边，于路上，情意脉脉的样子。我每日从柳下过，总是会不由放慢步子。好像走得慢一些，这样美好的初秋就长些。风吹柳丝，柳丝拂人。我的长发，我的眉，我的耳鬓，我的肩，都在柳丝的吹拂里。温柔的凉意在皮肤上蔓延不散。我像是要羽化在这千条万线的绿意里了。

　　即使有阳光的日子，也不舍得打伞，从柳叶里漏下来的阳光落在裙子上，像蝴蝶一样泛出淡绿的绒光。小雨霏霏时，在树下行路也不急，雨线婆娑，柳丝婆娑，清秋的凉意漫漶，叫人不想去辨哪一段凉意是雨，哪一段凉意是柳。人间的路，委实不需急匆匆地去赶，最美的时刻也许就是此刻，而不是远方。我要做的只是这样悠悠荡荡地过，斜风细雨，杨柳依依……

斜坡上有青条石铺就的石阶，斜斜一条石线，默然在草丛里半隐半现，好像期盼我的脚按上去。那一种无声的等待令人不忍辜负，我每走一步，心里觉得踏实，觉得岁月有依，凡心安宁。绣花的鞋尖子上常常沾了露水，湿得脚尖处的绣花越发色彩艳丽，真不舍得让晨风吹干这些露水。我喜欢这样，微微湿润的样子。希望自己一辈子做一个微微湿润的女子，有泪也有欢喜。

斜坡上也有桂树，花香好像是煮出来的，远远就被这袅绕的香气缠住，缠进这甜蜜浓稠的香里。每次路过，总忍不住驻足，瞧上几眼，惊叹一番。那么小的花朵，细细碎碎地开，竟有这样蓬勃盛大的香气。每一朵花，打开的四瓣，好像在说话，一句一阵香气。它们有满肚子的香气在等着说出来，桂花是怎样一个内心丰厚的女子啊！我喜欢路过这些开花的树，贪婪地享受这慷慨播撒的浓香。花边一立几个刹那，人整个地被熏透，我就这样被熏香了。发是香的，衣是香的，遇到人，不敢轻与他人语，唯恐含进口里的那团香气一开口就逸散了。

晨光里的河水恬静而温柔，涟漪那么薄，风一摊就平，一摊又起。雾气也薄，在阳光与河水之间，飘着飘着就隐去了。河边有女子在浣衣。也有情侣，大清早就依偎在石头上窃窃私语，估计有一夜相思要诉说。也有老人和小孩，在桥边，在树下，貌似走路，享受这沉静又蓬勃的晨光。我路过他们，觉得每个人看起来都那么亲切，有善美的情意。

　　我每天路过这些草木花朵，这些小桥和石头，心里充盈着安然和欢喜。我像是一个内心揣有隐情的人，这隐情大约是对晨光里的万物与尘世的欢喜。缓缓走来，缓缓地看去，每一朵花都精致得像是我的闺密，每一棵树都忠诚得像等我的情人。我的双手要怎样捧好这些欢喜呢？我想把一片薄心扯布一样扯成条条，一片给垂柳，一片给芭蕉，一片给河水，一片给云霞，一片给雾气，一片给露珠，一片给陌生人嘴角的莞尔……可是，怎么够，怎么能完整地给？

　　我只能这样，每天地，路过这里，像路过初恋的窗前，缓缓地路过。我走得慢了，花就开得慢了，世界就慢了，时间就慢了……

第七辑

还是当年的味道

还是当年的味道

十六七岁的少女时候，喜欢一种香水，叫"月亮香水"。宝石蓝的小瓶子，好小，手掌一抿，它就卧进了掌心里。

我那时候在小县城读书，偶尔在放学后去街上逛，会进化妆品店，去做悄悄闻香的姑娘。算起来是二十世纪九十年代中期，有二十年了，弹指一挥，光阴的洪流滔滔远去。

还记得，那瓶香水的味道淡淡的，像是早晨的花香，露水里的花香，太阳还没出来蒸，所以香味内敛寂静。很珍惜地用着，用了一整个夏季，用完留下了瓶子。后来，就再没遇到那小瓶子的香水，惆怅了许多年。

那日午后，百无聊赖，忽然想起"月亮香水"，就上淘宝网搜，看有没有那"月亮香水"的同门师妹。因为我猜想，二十年过去了，那蓝瓶子的香水一定在这个世界上消失了。

让我感动到粉碎的是，那样的蓝瓶子，竟然还在。几百种与"月亮"沾亲带故的香水图片面前，竟然还有一张是我记得的样子：金色的小盖子，扁宽的蓝瓶子，叫"月亮香水"。只有一家店，还在卖着。只有一家。

我找到了！找到了！二十年了，它还在。

二十年过去，它还是从前的价格，从前的名字，从前的外形。

二十年过去，我已不是从前的我。我已经由一个少女变成了一个妇人。我已经把旧恋在心底隐成了路人。可是，香水还是从前的香水。

甜蜜等待快递到来，像等二十年前的故人造访，心上乱纷纷尽是旧时光。收到后，迫不及待地打开包装，旋开金色的小盖，贴近深嗅：啊，还是当年的味道！

我忽然觉得，这世上最痴情的，有时不是恋人，而是某个小物件，比如一款老牌子的香水。

二十年了，什么样的容貌都已经凋谢，什么样的恋情都已经暗淡。只有这一款国产香水，不知道在哪个寂静的角落，继续保留着它的配方，躲过了时间的肆虐。

国产货，有时候用起来，能分外感受到一种深情。从少女时初见，到中年时重逢，从一个小小的物品身上，我竟莫名感受到一种互相记得的珍重。

这个世界，我不要它太新，不要它跑得太快。我要它慢一点，旧一点，这会更让人觉得安心。无论我走多远，回来了，啊，你还在！你还在这里！

还有一种牡丹凤凰图案的老棉布，从前多半用来做被面，我却想用它来做旗袍。

找了许多地方，都没找到如意的。有的是底色不够纯粹，有的是图案不够开阔，有的是布质粗糙，薄，还掺夹太多化纤成分。

在淘宝上一家一家地看，跟客服闲聊，终于淘得一件真正的老棉布做成的旗袍。客服说："他们的这些布料是在一个几近倒闭的老纺织厂的旧仓库里偶然发现的，裁完了这剩下的几匹，就没有了……"我听了，又是一阵感动。这些老被面的布料，在阴暗破旧的角落，要承受多少寂寂光阴，要错过多少次进入商店市场的机遇，才能在今天，哗然成为一件美丽的旗袍！

我把这艳丽的旗袍穿在身上，揽镜看，牡丹凤凰，纹理紧致，还是当年老棉布的味道。着色实在，一枝一叶里有珍重，图案组合是一种干净的华丽，一种流水细长的喜庆。

从前，每晚睡觉，盖着用它缝的被子，大红大绿幅员辽阔，盖满整张床。过年前，洗被子，我看见母亲将它洗干净之后，又放进稀释好的米粥汤里浆过，然后一人攥紧一头，扭着身子站在院子里绞，将米汤再绞出来。浆过的被子，晒在冬天的风日里，又平又有一点硬度，不要用熨斗来熨。牡丹凤凰，一朵朵，一只只，那么鲜艳生动。年就要到了，连老被面的图案里都透着庄重和喜气。

如今，我穿着这样的老棉布的旗袍，依然觉得天天像要过年，可是又没有要长一岁的担心。还是当年的味道啊，当年只盼节日，无惧时间流逝。

人活到老，其实还是需要几样老物件来陪陪的。精神上，我们的嗅觉，还依恋从前的味道。

童年小镇

一直以为，一个人的童年，应当是在一个小镇度过的。很完整地度过。

欧洲小镇的那种情调是非常适合入油画的。一大片碧绿碧绿的草坪上，有三两只白色的鸟在停歇，花木扶疏的篱笆旁立着一座小巧的尖顶教堂，远处有层叠的暖色房舍，穿长裙子的小镇姑娘提着花篮走来……欧洲的小镇是斑斓的，可是也有静气，像秋天。从小镇走出来的人，想必定有一个绚丽丰沛的内心。那样的小镇里，非常适合诞生画家、音乐家，还有作家。他们创作出来的作品纯粹而干净，像小镇的风，自由开阔。

美国作家福克纳喜欢写小镇，他的长篇和短篇里所写的故事好多都是发生在小镇。在《喧哗与骚动》之后，他更是把一部长篇直接命名为《小镇》。真是小镇故事多。

小镇耐写。它像胞衣包裹婴儿一样，包裹着各种各样的人生。而这些故事，在小镇，会像慢镜头回放一样，别有一种悠远难言的情味。让人神往，沉迷，咀嚼，哀叹。

罗大佑有首歌，叫《鹿港小镇》，我听他唱，仿佛在诉说一个家族的悠悠从前，无限的怀旧，又有对现实的无奈：

> 假如你先生来自鹿港小镇
> 请问你是否看见我的爹娘
> 我家就住在妈祖庙的后面
> 卖着香火的那家小杂货店
> 假如你先生来自鹿港小镇
> 请问你是否看见我的爱人
> 想当年我离家时她已十八
> 有一颗善良的心和一卷长发
> ……

父母和爱人都在从前的小镇，父母都老了吧，她是否还在等待呢？小镇让人唏嘘。可是还是要感叹，有一个小镇可以去怀念，真好！

在霓虹闪烁的不夜城，在高楼森然的大都市，来来去去的行人里，会有那么一些人，来自胞衣一样宁静又从容的小镇。午夜梦回，会忽然想起自己长大的小镇，然后一个激灵，无限乡思柔情像庄稼在露水里起了身。想起小镇的那一刻，内心温柔，时间清芬。

喜欢读朱天文的小说，尤其是她早期的小说，小镇风情笼罩，读起来摇曳缤纷。《风柜来的人》写的故事是发生在澎湖列岛上的一个小渔村里，一群男孩子高中毕业，没有工作，等待征兵。他们整日无所事事，在这个风大阳光又好的岛上，肆意野性地生长。我特别喜欢小说里的环境描写，很有张爱玲的味道。"此时风季已过，大太阳登场，经过一整个季节盐和风的吹洗，村子干净得发涩，石墙石阶在太阳下一律分了黑跟白，黑的是影子，白的是阳光，如此清楚、分明的午后，叫人昏眩。"这么一写，一个小镇的气息出来了，苍白，干涩，空茫，又无端令人烦躁着急，像一段野性疯长的青春。

最美是江南小镇，黑瓦白墙，两层的小阁楼，面山枕水的人家，楼下市井繁华生动。一个人，幼时在小镇长大，石板路上买小馄饨，桥头边听人说书看相。和姐妹们一起疯玩，春天放风筝，夏末秋初采莲蓬和菱角，冬天滑雪打冰凌。不知道小镇之外还有世界，不知道有一天会离开小镇。

然后长大了，读书，或者从军，从此离开小镇。再然后，在暮年的时候，叶落归根，回到小镇来。看看从前喜欢的表妹，在故乡小镇，在江南，慢慢就老在了白菊篱下。看她鬓边也已经探出一篱的银丝，如白菊盛开。可是也不惊讶，只是欢喜，携了她的手去长堤上看看一池残荷的风韵。和老了的表妹去尝尝馄饨摊子上的小馄饨，味道还是从前的味道，只是主人已经由父亲换成了儿子，儿子也霜了鬓。小镇老了。小镇也会老去啊！

余光中在诗歌《春天，遂想起》里写：

日暮苍山远 / 许冬林

> 春天，遂想起遍地垂柳 / 的江南，想起 / 太湖
> 滨一渔港，想起 / 那么多的表妹，走在柳堤（我只
> 能娶其中的一朵） / 走过柳堤，那许多的表妹 / 就
> 那么任伊老了 / 任伊老了，在江南。

在江南小镇，即便老了，也老得像画，老得如诗。江南小镇里的惆怅，也薄如天边的云。

想起记忆里的小镇。青色的长条石铺成的路面，因为经年累月的行走，路面水溜光滑。三伏天的中午，小孩子睡不着午觉，在街上转，街道空旷而眩目，到处都是阳光。青石路面被晒得像锅底一样烙脚。两边的店面门板半开半掩，在暑热的空气里散发着老桐油的味道。如果横穿过一丈来宽的街道，再穿过一个小巷子，便是一座小石桥。桥下的河名叫天河，跟隔断牛郎织女的那条河是一样的名字。早晨，妇女们在桥下的石磴边洗衣服，机帆船嘟嘟地开过来，靠岸，掀起一波波的浪，打在女人白皙的脚踝上。桥边一棵大桑树，中午，不睡觉的孩子就爬上树摘桑葚吃，吃过下河游泳。蝉在桑树顶上嘶鸣，小孩子在水里喧哗，算命的瞎子右手搭在引路人的肩膀上，边走边摇铃："八卦算命哦——八卦——"他们走过小桥，往乡间去了。桑荫下也会有卖西瓜的人，但是买的人并不多，馋的人多。卖瓜人把草帽垫在脖子底下，躺在板车上打着瞌睡……

那是我自己的小镇，童年的小镇。多少年过去，每每

回忆，总觉得自己也是从《清明上河图》那样的画里走出来的。

他年，还要选一座小镇，寂静终老，做一朵老得很安详的表妹。

看 云

看云最宜在午后。

尤其是夏天，梅雨季节，一场骤雨初歇，天空格外明净高远。这时，躺在靠近阳台的藤椅上，看那飘在青空里的云。那些云好像吃草的羊，已经吃到了山顶上，体态丰硕，神情悠然。

夏季水丰，水汽蒸腾，所以养出来的云总是蓬蓬的，润润的，轻轻的。我看着它们在天空里飘，飘来了一片，是孤帆，又飘走了。可是又有成群的云朵来了，好像梨花满山坡开放，春色盛大清美。我阳台正对的这片天空，有时是落潮的海，有时是波涛起伏、浪花扑打着岩石的海湾。

那些云，各有各的性情姿态。它们经过我的阳台边，之后消失，又经过别人家的阳台。像时间和生命。我拥有蓬勃的生命的时候，会有一些人已经衰老。我衰老走完人生的时候，会有新的婴儿在襁褓里哭泣。生命和时间，是我的，但并不总是我的。

那些云，都有前世的吧。前世，有的是黄河之水，有的是长江之水，有的是屋檐下的水洼里的水，有的是植物经脉里流淌的水，有的是伤心人和欢喜者的泪水，有的是春晓花蕊里的露水……它们的前世，有的壮阔雄浑，有的渺小卑微。但是现在，它们都是天空里的云。一样的天空，一样的旅程，一样的命运，一样的使命——化成水，再回到大地，再次演绎纷繁的一生。

第一回坐飞机，是从合肥的老机场骆岗机场坐的。飞机升到空中，我终于好近好近地看到了那些白云。它们真白，真轻，萦绕窗外。飞机在云中，我在飞机里。我猜想，我乘坐的飞机穿过云层时，会不会把这些又白又嫩的云弄疼？我看见云在窗外翻涌着身子，好像即将临盆的孕妇：要生了！要生了！然后有一些云，变成水滴，提前回到大地江河。

看云的时候，我真想也变成这洁白轻盈的云朵。

但我知道永不可能。转世之后都不会。云能变成水，而我只能变成尘。好在，尘总是要被水洗的，成为大地的一部分。

想起小时候，大晴天里，放学之后故意迟迟不回家，枕着书包躺在江堤上的秋草里，看暮云。有的白得像雪，有的被夕阳照成了绯红色，像新娘含羞的面颊。我那时老嫌云走得太慢，比吃草的牛走起路来还要慢。我也嫌天空太过辽阔，这么大，云要走到何时才能到家？而我，只要起身，肯定比云先到家。我一边躺着看云，一边听着草丛里虫子的叫声，马兰花在耳朵边摇曳，散发清幽香味。泥土里的湿气顺着杂草的茎叶，绵延到了我的衣服和后背。我恍然觉得云也是那样软而凉。

现在，我也偶尔躺着看云，不觉得云走得慢了，反倒羡慕云的悠然。那么辽阔的天空，它都有耐心去慢慢走，直到把自己走完，走成水滴降落人间。

云不仅悠然，也洒脱。它哪里都去，哪里都不停留。无数次，我坐船过江，水天茫茫之间，都会看见一些或聚或散的云朵。我们过江，云也过江。我在江边用手机拍，拍云朵，拍云朵之下的江水，拍两岸绵延的柳林。等我返程过江的时候，如果再拍，手机里的云朵已经不会是现在的这几朵。江水、云朵、渡船和我，机缘让我们此刻构成一个画面，停留在同一个时空里。但是，下一刻，春云渡江去，江水也片刻不停留。想想，其实也没什么好伤怀的，尘世间的相遇，说到底都是一个偶然事件。因为偶然，所以转瞬，会消失，会变卦，会走样。

只有结伴，没有停留。只有暂时相遇，难有永远守候。在松竹森森环绕的大山里，我看见过一池碧蓝碧蓝的水，蓝得像暴雨过后的天空，蓝得像月下美人的眼泪。蓝得我不敢走近水边，怕我的影子冒犯了它的纯粹。可是，我看见了水里的白云。这么美的水，这么美的白云倒影，也在水里漂移，白云依旧要往远方去。

费翔唱《故乡的云》："天边飘过故乡的云……"其实，白云没有故乡。

买得青山好种茶

日子过着过着，就需要一壶茶来陪陪了。

其实，是爱上了茶香兑开的光阴，清逸，淡泊，舒缓。再板结坚硬的心，在一壶茶前，也会柔软起来，缓慢起来，通透起来。

喜欢看郑板桥画的竹子。扬州八怪那几个人，不仅画有风骨，画边的题句也见性情。郑板桥有一幅《墨竹》，细瘦细瘦的干，竹叶浓淡疏密。最可喜那右上角的题句：

> 茅屋一间，新篁数干，雪白纸窗，微侵绿色，此时独坐其中，一盏雨前茶，一方端砚石，一张宣州纸，几笔折枝花，朋友未来，风声竹响，愈喧愈静，家僮扫地，侍女焚香，往来竹阴中，清光映于面上，绝可怜爱，何必十二金钗，梨园百辈，须置此身心于清风静响中也。

唉。真是板桥啊！这样疏疏淡淡、新茶清风的气象，到底说的是画，还是日子啊？过日子，过得像画，寂静芬芳，空灵清远，这是扬州板桥。

妒煞古人。

于是，一直希望有这样的一段时光，寂静清远的时光，所以，当朋友约去山中的石台县，我欣然答应。

是冬天啊，没什么景的。

去！

是山里啊，道路蹒跚蜿蜒的。

去！

我喜欢这样的时候去山中。人少，山瘦，景淡。我喜欢一种类似中国水墨画一样的境界，疏朗，萧然。

时光舒缓，薄瘦。就像中国画。看看那些册页，除了牡丹芍药是肥的，其他的都瘦。竹是清瘦，石是老瘦，水是潺潺的瘦……

活出境界的人，心是瘦的。他懂得做减法，减去浮躁，减去名利，减去虚荣，减去痴妄……

能坐下来，慢慢品一杯清茶，其实，享受的也是一种瘦下来的时光，慢下来的时光。

大清早，起来坐车，折折转转，到石台。一到石台境内，就觉得整个人被包裹在一种清气里。

天青。山青。水清。心清。

那些秀气的江南丘陵，山上遍布松树，莽莽苍苍的绿。江南没有冬天。这些绵延荡开的绿，绝不会让人想到冬天的苦寒。

第二天早上，坐车往青山更深处去，去看茶。

据说是能防治癌症的富硒茶。山中云气薄薄，残雪中登山，如神仙，又如隐者。太阳已经出来，红日朗照之下，回头看山下的田野村庄，只觉得人世庄严而可怜爱。

一帮子在文字间耕耘的人，今日凑到一起，冬日登山，穿过一棵又一棵球形的茶树，放松自己。

就为了贪这一口青。什么都不想了，就好着这一杯茶。

我想起一个好茶的朋友说的话："人在岁月里走，越走越孤单，越走越地广人稀，最后发现，可托身寄情的，不过是一杯茶啊。"所以，那么古老的茶事，在今天依然庄重可亲，所以泱泱中国，到处可见种茶爱茶的人。

我先前知道石台这个小县，是因为黄梅戏《小辞店》。《小辞店》里那个开店的老板娘柳凤英有句唱词："到春来宿的是芜湖、南京、上海，到夏来宿的是宿松、望江、石牌，到秋来宿的是桐城、岳西一带，到冬来宿的是徽州、屯溪、石台。"

想来也是机缘，我们这一拨上山看茶的人，真像是黄梅戏《小辞店》里络绎不绝走出来的：我来自芜湖，储劲松和黄亚明来自岳西，洪放来自桐城，余世磊和欧阳冰云来自安庆……戏啊！戏！

但是，跑到这样一个冬日的山顶，烹雪煮茶，却是"天方茶苑"的安排。没想到，做企业的人，也这样诗情画意。

让我想起张岱家的童子说的那句："莫说相公痴，更有痴似相公者！"

痴，是境界。

真是喝了回古意的茶。松木为柴，汲冰雪融化的泉水来煮，茶呢，就是眼前漫山遍野的茶树供奉的。

一群种字的人，围炉喝茶，谈文字，也谈山下人间世事。

这样的雅集，在青山白云之间，在林泉白雪之间，估计一辈子再也复制不了了。

只此一回。

最美妙的事，当然只此一回。就像张岱在大雪的清晨，去湖心亭看雪，遇到一个如同自己的痴人。

想起那天晚上，几个人喝过酒，出宾馆，冒着江南薄薄的寒气，去"天方茶艺馆"看茶艺表演。人还没来齐，三三两两地等，聊着，我忽然看见对面墙上的那幅画，莫名感动。

那幅画里，两个老者坐在松荫下，以石为几，相对饮茶，茶杯落在石上，两个人如有所语。童子在旁侧，挥扇煮茶，身后白云青山荡荡幽幽。

就觉得这幅画是圆满的。

看着这幅画，脑子里忽地现出一首古诗来："松下问童子，言师采药去。只在此山中，云深不知处。"是的，这首诗叫《寻隐者不遇》。是寻而不遇啊，是遗憾，是人生的不圆满。虽然那么近，只在此山中，只在对面，可是，我走不到你的面前。转身，恋恋归去，暮霭笼罩群山，也笼走了我伶仃的身影。

可是，在这幅画里，两位老者，头裹方巾，身穿长衫，相对喝茶。他来了，他刚好也在。在时间的洪流里，睹面相逢，对，找的就是你。他也懂得：千帆过尽，他来了，到底还是来了。

不问山下人寰琐杂世事，不问曾经经历过的荆棘和怅恨，此刻，喝茶。我们只喝茶。

茶香。人老。世事洞明。

世事洞明啊，那些缠缠绕绕、云里雾里，皆不探究竟，现在，只说茶。

茶在，机缘就在。在茶前，与红颜遇，与知己遇，与贤者遇，与智者遇，与隐者遇，与苍生遇。

与自己，相遇。

遇了你，就斟两杯茶。不遇，就一个人喝茶。无所谓缺憾，也无所谓圆满。人生到此，是清风徐来，水波不兴。是大静寂，是大从容。

我喝着云雾缭绕里生长的"雾里青"茶，看四面青山如屏，看山坡上白雪皑皑，茶树青青，忽生了归心，生了求田问舍之心。

在此地，在这样的山中，可否容小女子我辟一亩茶园，来年谷雨前后，我到山中来。来来来，来采，来采茶。十指纤纤，来杀青，来揉，来捻，来亲手制一撮江南的雨前茶。然后汲泉水来煮，待客，客人未至，听满山松风竹响……

可以啊，可以啊……明年，你来山中住，住我们的"慢庄"；你来采茶，真正的富硒好茶啊！

祈望做回板桥，做有茶的人，清风过去，茶香犹存。

绍兴四叠

绍兴是精致的。

好像是用五彩丝线密密绣出来的荷包，鸳鸯喜鹊荷花翠盖，那么灼灼生动。又像一个穿旗袍的女子，有玲珑婉约的身姿，她执一把小伞经过你身旁，经过，你觉得那天的风和阳光都是好的，是清芬的。

绍兴是一座靠海的城市，有着两千五百多年的历史，是真算古老的了，可是走近它，一点也不觉得它苍老。小桥，流水，书法的墨香，黄酒的酒香……这一切都在滋润着这座城市，清逸，秀雅，别具风流。绍兴，就这样不老在时光里了。

在黄昏，登上一只乌篷船，橹声轧轧，闭了眼，仿佛自己已经是一个绍兴人。

绍兴市内的河真窄真瘦，可是，也真长真有古意。青石或青砖砌就的河岸，蜿蜒随流水向前。在阳光稀薄的那些河岸上，古老的蕨类植物从砖石缝里长出来，柔软的叶子在微风里颤动着，颤成了河水里一抹水墨般的倒影。

卖黄酒的人家，杏黄色的酒旗远远地招摇，在青黑色的廊檐下，仿佛这是东晋，又或是晚清。

青灰色的小巷逶迤，行人的脚步在暮色里不缓不急，好像一首小令的平仄和韵律。

乌篷船轻轻穿过一弯弯上弦月似的小桥，夜色就深浓起来。明月光洁，好似银子锤出来的，斜挂在垂柳之上。长沟流月去，月亮在天上，也在水里。我们坐在乌篷船上，摇摇荡荡，在水上也像在天上。

两岸的灯火人家，高低错落，呼应着城外的高低嵯峨的山岭，这是水墨皴擦出的唐人绘画。

桥那么小，可是弯在夜色下的弧线那么美。船那么小，小得像一片飘落在水上的柳叶，可是依然载得起对绍兴的浓浓乡愁。绍兴的长街酒肆，绍兴的市井人家，无不在小巧婉约里透出人间烟火的欢喜和亲切。

绍兴是耐读的。

一个城市，就是一幅展开的《清明上河图》。有古老的河流和乌篷船，也有现代的高楼和商厦。来到绍兴，读流水，读小桥，读市井，读风情，而最值得一读的，还是王羲之的《兰亭序》啊。

兰亭在绍兴西南方向的兰渚山下，相传春秋时越王勾践曾在此种植兰花，东汉时这里又建了驿亭，兰亭由此得名。而让兰亭闻名于世的，怕还是东晋大书法家王羲之吧，这里曾是王羲之寄居会友之处。东晋穆帝永和九年三月三日，天朗气清，惠风和畅，王羲之和他的文朋诗友在兰亭集会。会上，文人们提笔磨墨，欣然作诗。王羲之仰看崇山峻岭、茂林修竹，俯视清流急湍，萦绕在兰亭四周，一时感喟不尽，宇宙浩大，而人生有期。于是为他们的诗歌写了篇序文，名为《兰亭序》，也叫《兰亭集序》，借此抒发生死无常的悲喜和感慨。

特意挑了一个好天气，天清气爽的天气，去拜谒兰亭。还是上午，太阳刚出来，一路走去，空气中散发着露水从植物叶子上蒸腾时的清气，好像东晋那个三月三的好天气。远远看见一片青灰色的瓦片在上午的阳光下，泛着淡墨般的莹润之色，一个个飞檐，好似书法里用力向上的一提笔，墨色斜斜插进满山的青色里，空气里立时仿佛有墨香在飘散了。我心里悠悠一荡：这是去见王羲之啊！

进得一座古朴幽静的园子，放眼环视，鹅池，鹅亭，曲水流觞亭，右军祠，墨池，碑亭……每一处景，就是一个散发墨香的陈迹，就是一段风雅历史。

王羲之生平除了爱书法，便是爱鹅了。他爱鹅，养鹅，养了一池子也有风雅之气的鹅。传说当时绍兴有一道士喜欢养鹅，王羲之就兴冲冲跑去道士那里观赏鹅，赏完了还不肯罢休，还坚决要买人家的鹅回去。道士说：只要你能替我抄《道德经》，我就把这整群的鹅全送给你。结果王羲之当真抄了，抄完后喜滋滋把人家的鹅用笼子装回去了，自然是回去好心养着。

今天，站在鹅池边，看满池碧水倒映着白云悠悠，倒映着垂柳依依，看白羽红掌的大白鹅在戏水鸣叫，恍惚觉得王羲之正在书房里临帖，一提笔，一抬眉，他看见了他的鹅群。

想想，在家禽里面，鸡、鸭子、鹅，等等，论风度气质，确实也就是鹅为上品。你看它朝天而歌时的气宇轩昂，你看它白毛浮绿水时的那种协调与图画美，你看它白到纯粹彻底不生一根杂色的羽毛，你看它挺胸抬头高昂迈步的步态……野逸，自由，才高，傲物，纯粹，这是鹅，也是东晋才子。

"曲水流觞"，是真能见古人的风雅。为纪念那次风雅，后人建了"流觞亭"。亭前，一条"之"字形的曲水蜿蜒流向青青树荫里。有人模仿古人曲水流觞，以饮料为酒，倒进纸杯里，让它在水上漂着，顺流而下……遥想千百年前的那个三月三，艳阳朗照，清风徐徐，山坡上的兰花飘散清香，王羲之和四十二位国家军政高官在这里纵谈国事，写诗品酒。他们把酒倒进杯子里，把杯子放在荷叶上，让酒杯随着荷叶从曲水上游漂流，漂到谁人面前，谁就要饮酒作诗。作不出诗的，就要再罚酒。那一回雅集，共得诗三十七首，汇集成册，这便是《兰亭集》。古人那里，拼的不只是酒量，更是才华啊。有才华的拼酒是秀，秀出来的是传诵千古的雅事，否则便是作秀。作秀的是一时间的热闹。

其实，绍兴也有它淡淡惆怅的一页，这一页，写在沈园，写的是一个诗人的爱情。

沈园，是一座宋代园林，至今已有八百多年历史了，而成名，怕还是因为宋代大诗人陆游的那阕《钗头凤》词吧。如今，园子还在，那一对爱人已经杳然于历史烟尘里，只留下一段关于爱情的忧伤在人间传说。

当年，陆游初娶表妹唐琬，婚后生活甜蜜和美，可是后来陆游为母亲所迫，与表妹离异。一桩如花似锦的姻缘从此沦落凄风苦雨之中，各自飘零，各自心痛。

十年后，陆游游访沈园，不巧在这里遇见已经改嫁名士赵士程的唐琬，唐琬征得丈夫的同意，给正要伤心离去的陆游送来酒菜，陆游感慨满怀，在墙上写下了这首著名的《钗头凤》：

红酥手，黄藤酒，满城春色宫墙柳。东风恶，欢情薄，一怀愁绪，几年离索。错，错，错！

春如旧，人空瘦，泪痕红浥鲛绡透。桃花落，闲池阁，山盟虽在，锦书难托。莫，莫，莫！

自从这次重逢之后，尤其是读了陆游写在墙上的那首词之后，唐琬艰难沉寂下来的内心再次翻起潮汐。是啊，叫她如何能放得下那个少年时候与自己一起采菊缝枕的人？到底是一个值得陆游爱的重情的女子，唐琬后来在愁病交加中，也提笔写了一首《钗头凤》，来和陆游。这是诗词的唱和，更是情感和内心的应和。

　　　世情薄，人情恶，雨送黄昏花易落。晓风干，泪痕残，欲笺心事，独语斜阑。难，难，难！
　　　人成各，今非昨，病魂常似秋千索。角声寒，夜阑珊，怕人寻问，咽泪装欢。瞒，瞒，瞒！

　　重逢与和诗之后，唐琬怀着爱情的疼痛，抑郁病去，永远离开了这个令她伤心的红尘。只有陆游，后来数次重访沈园，往事一幕幕在眼前和笔底浮现。她爱不动了，想不动了，她把思念丢给他一人了。

　　在一千多年后的今天，我们来访沈园，只看见墙上的伤心词，只看见陆游的塑像。那个爱着疼着的陆游，也不在了。主角退场，只留下这个演绎着惆怅爱情的舞台。

　　在这个满城柳色，深绿堆叠浅绿的夏日，我来到沈园，一个人静静地，静静地走着，唯恐踩疼了他们千年的思念。

　　园内的池塘里，荷花正盛开，粉红的花瓣层层叠叠，像恋人的裙裳在风日下飘荡展开，那么美，那么招摇。也有小小的莲蓬，亭亭地，孤单地，立在翠绿的荷叶边。花落，那莲子初成。唯愿爱情的花常开不败，世人，有谁愿意去咀嚼那花落之后苦涩的莲心。

　　我徘徊在风铃长廊，听铃声清越，仿佛听到有种隔世的思念，穿过浩渺时空，直击心底。不由得，心上一疼。在沈园，人会情不自禁地惆怅起来，相思起来。那假山边，那小亭下，那鱼池边，那荷花柳色面前，每一个地方，都那么适合一个人低下眉头，轻轻思念一回，思念从前的那个人，那个人呀！

绍兴还是文学的绍兴，是内心深厚的绍兴，是目光深邃的绍兴。

去绍兴，定会去鲁迅故里。两次去绍兴，两次都去了鲁迅的故里。某种意义上，也可以说，那是现代文学的一个故里：百草园，三味书屋，茴香豆，孔乙己，咸亨酒店……

百草园其实就是周家的一个大菜园子。进得园来，迎面看见菜畦边立着一块黄而润的石头，上面印刻"百草园"三个大字。石青色的字，圆润流畅，好像盛夏时节的植物藤蔓在缠绕盘旋。

四围是高高的粉色院墙，墙壁上白粉斑驳，爬山虎贴着院墙蔓延攀爬，绿意一片一片。院墙旁，高树成荫，我不认识皂荚树，不知道被鲁迅写进文章的是哪一棵。

园内土地平旷，整齐的菜畦里种着整齐的玉米，修长如剑的叶子映照着夏日亮烈的阳光。叶子上，阳光也成了剑形，也有剑气了。

那口老井还在，青白色的石井栏依旧光滑，我低头探看了一下井底，真是幽深。幽深的井底有隐约的水光，也是深邃的，仿佛爱国忧国者半夜凝眉思索时的目光。

遥想一百多年前，一个懵懂的孩童，他在这个园子里听鸣蝉在高树之间长声吟唱，在砖缝里寻找那些可爱的昆虫，拔何首乌的根，摘覆盆子，吃桑葚……在这样一个高高院墙围起来的园子里，他度过了一个有声有色的童年。他在这里长大，然后离开这里，出门求学，学医，从文，走进了中国现代文学史，成为一代文豪，成为每一个中国人都知道的"鲁迅"。

他是绍兴的骄傲。绍兴因为他，也有了一种格外的厚重，有了一种硬气和胆气。这是绍兴这座城的独特气韵，是绍兴的骨。

从百草园出来，沿着一条细长的街道，走不多远，就到了三味书屋。三味书屋是清末绍兴城内一座有名的私塾，教书的先生叫寿镜吾，是鲁迅说的"本城中极方正、质朴、博学的人"。鲁迅离开百草园、结束了天真烂漫的童年生活之后，便是在这三味书屋读书，从十二岁读到十七岁，可以说，这里承载了他的整个少年时代。

站在三味书屋门口，迎面看见高高悬挂的横匾，写着"三味书屋"四个大字。匾下挂着一幅画，画着松树和梅花鹿，画的下方放着一张高高的长条几，条几的右端放着一个画像，想来应该是寿镜吾老先生了。三开间的小花厅里，课桌椅子整齐干净，没有先生，也没有学生，可是严肃安静的气氛依然还在。仿佛刚刚放学了，老师严肃的训诫声还回旋在这个书屋的空气里。

门外转了转，蜡梅树还在，枝干遒劲苍老，叶子浓碧。想象冬日来临，孩子们跟着老师读古文，抑扬顿挫间，蜡梅花清冷而芬芳的气息袅袅自窗缝和门缝飘进屋内，真让人感动。那时是晚清啊，国运衰落，民生艰难，萧条之气是满城弥漫，可是在江南，在绍兴城内的一个私塾里，蜡梅的冷香里书声琅琅。

也许那几个读书的孩子还不懂得"布衣暖，菜根香，诗书滋味长"这人生三味，也不懂得读书人的命运也会有如孔乙己那般悲凉，他们也许只盼望着读完文章后，快快下课到园子里堆雪人去。他们还不懂得老师的严厉，不懂得一个封建社会末期知识分子的胸中块垒。

就像挂在大厅正面墙上的那幅画，松树和小鹿。老师如同松树一般苍老高大，饱经风霜却伸展枝叶庄重地搭出阴凉，而学生却如那只伶俐敏捷的梅花鹿，矫捷的身子，仿佛随时会扬蹄腾跃，消失于视线之内，多么不安分。

夕阳西下时，我离开三味书屋。回头再看一眼这个三开间的小花厅，夕阳橙红色的光芒厚厚覆盖在那画上，日色晕染之下，那幅画格外有重量。松树伟岸庄严，梅花鹿聪敏有力，在一幅画里，它们和谐地融为一体，融为一种风景。

这里，走出了鲁迅，他揭露虚伪、丑恶和顽疾，成长为一座思想的碑。他终生敬重这位启蒙老师寿镜吾先生。他批判封建教育，可是写到三味书屋，依然怀着一个斗士难得的温情。

　　出了三味书屋，天色已经暗下来，长街上的灯火次第亮起。沿路的酒肆饭馆里，绍兴黄酒的香味已经飘散出来。朋友说："不要小看黄酒，喝起来醉人啊！"

　　在离开绍兴的这个晚上，在桥头边的一个酒家，我也斟了一杯黄酒。举起透明的玻璃杯，摇了摇，看琥珀色的液体在杯子里波来浪去，我知道，它外表婉约如水，可是水里藏着力量。这是长了硬骨头的水，这是绍兴黄酒，这也是绍兴人。

湖上生明月

湖是黄陂湖。老早就听人说黄陂湖，听得多了，黄陂湖在我心里便漫漶成了一段传说，一首古诗，一份山长水远的惦念。

黄陂湖在庐江，周瑜故里。汉乐府《孔雀东南飞》里男主角焦仲卿，身份为庐江府小吏。

在手机地图上寻找黄陂湖，一片蓝色的水域，在庐江县城东南，省道319的南边。地图上的黄陂湖，颇有一种动态的流动之美，她像一位身着湖蓝衣袂的敦煌飞天，身后是分别从巢湖和长江之滨牵扯起来的两根飘带，飘摇着，跟随她飞向庐江。黄陂湖虽在皖中内陆，却通过一北一东两条飘带似的支流，分别和巢湖与长江实现了连接。

我去黄陂湖时，正是金秋黄昏。黄陂湖，远居在庐江城外，于湖，这是难得的。沿着迤逦的乡间水泥路，在树林和田野之间穿越，寻湖。彼时夕阳在天，车窗外，玉米之类的庄稼蓊郁结实，散发出醇厚甜香的气息——这是黄陂湖湖水浇灌过的庄稼，明亮而壮实。路上没见什么人，也没有声音，只感受到拂面的风里，隐约有水的柔软和湿润。

黄陂湖，远远的，像个幽人。

是古诗里说的"惟有幽人自来去"的幽人，秉持着静寂冲淡和怡然自得的境界，与城市保持着恰到好处的那一点距离。

终于到了湖边。我们下了车子，除了惊叹，便什么话也说不出。所有的词语，面对这不加粉饰不事雕琢的湖，都是画蛇添足。黄陂湖的气质，是《二十四诗品》里的"自然"。围绕在黄陂湖周围的，除了田野还是田野，没有喧嚣的都市，没有庞然大物似的工厂，甚至连村庄也少。黄陂湖，拥有着一个湖泊最本真最原初的样子，碧波荡漾，水鸟翻飞——真是一个活得体面的湖！

我们站在湖岸边，像贪婪的兽，最大幅度打开呼吸系统，吮吸这湿润干净的空气。我们望着湖，用一湖的水波喂养眼睛，喂养心灵。

湖边有三两间低矮小房，是一户渔民住的吧。他在湖里养鱼，也用网箱在湖里养了螃蟹。螃蟹网箱至简至朴，伸出水面的竹竿和水底的倒影横竖组合，给人一种素描般的简洁通透感。

黄陂湖，也美得像黑白素描。

我们一时兴起，上了那渔民的小船，渔民手握竹篙在后面撑开。涟漪圈圈荡漾开去，我们笑，湖似乎也在笑。

一湖好水，就这样在夕阳下，颤动涟漪。湖边芦花盛开，白茫茫一片，在晚风中摇曳，让人觉得秋天好辽阔。是天阔，湖阔，心也阔了。

我们到了湖水中央。满天的晚霞，透着秋高粱的红晕，把湖罩在里面了，把我们罩在里面了，把高高低低飞舞的白鹭罩在里面了。我们的小船与湖水、白鹭、天空，被晚霞照成一个透明璀璨的水晶。

秋天的黄陂湖上，世界静寂干净得像一块水晶。

湖底有水草。我偶然一低头，看见水草摇曳在船边，山林小绿妖似的，有种自在自得的野气。心里一惊。是那种鸭舌形的水草，叶子扁扁长长的，童年时常在我家门后的小河里见到，后来环境不断变坏，那水草渐渐就消失不见了。算来，这样的水草，我大约是有三十年未见了。

在黄陂湖，再遇这种水草，真有故旧重逢的激动与感慨。回头查了一下，这种水草学名叫苦草，有净化水质的作用，还可以做家畜的饲料，还可以充当药物来治病。

其实，水和植物是共生关系。好的水质养育了植物，反过来，植物也净化着水质。同时，植物的生长情况也检验着水质。河流湖泊是大地的眼睛，更是大地的脏腑。大地不仅靠河流湖泊来展现明眸善睐的动人之美，更靠着它们来吐故纳新，滋养万物。

在黄陂湖的清清湖水里，我看见了旧时的苦草，在恣肆生长。我想，这样清澈干净的水质，一定也可以生长《诗经》里的"参差荇菜"，可以生长《古诗十九首》里"涉江采芙蓉，兰泽多芳草"里的芙蓉与芳草，可以生长《南朝乐府》里"青蒲衔紫茸，长叶复从风"里的蒲草……

一方健康的蓝色水域，原来可以是一片宁静如初的后花园，不管时代的列车如何滚滚向前，在这片一如当初的清水里，你能和千年之前的草木睹面相逢。人生万代，草木还是从前的模样，在水底招摇，在风里起伏……

这是水草的福，更是我们的福。这是河流湖泊的幸，更是我们的幸。

荡舟黄陂湖上，忽然看见前方的湖水中央竟有几座房子，红墙黑瓦的民房，已见破败。我们都很疑惑：这里四面是水，是谁跑到这湖中建起了房子，又让房子沉进水里？

给我们撑船的渔民，停了篙，指着那几座房子笑说："从前这里是耕地，耕地边自然有人家，后来退耕还湖了，这里的庄稼地连着这房子就都成了黄陂湖的一部分了。"

我心里又是一惊，又有热流滚过心头：原来，这里是退耕还湖后的黄陂湖！原来黄陂湖消瘦过，在退耕还湖后，又长成了眼前这纵径十公里、宽三点五公里的水波浩浩模样。

在黄陂湖上，当我得知船底的那片水域是退耕还湖之后的水域时，我感到了尊严和文明，感到了智慧和眼光。是的，我们应该这样。

夕阳渐落渐低，暮色浓起来，湖水在蓝天与暮霭之间，显得凝重而幽深，像一块黛色的老玉。这片湖，原来有过沧桑，所幸，它又回归到自己的疆土，拥有了这完整的蔚蓝，完整的清澈。

我们的小船，在渔民的竹篙起落里，也开始回程。夕阳完全沉进了湖水里，轻纱似的水汽在湖上弥散，黄陂湖的湖水在晚风里微微摇晃，进入恬静的时光。

小船靠岸，我们上岸。岸边的芒草和灌木丛里，虫声已经起来了。秋虫呢喃，带着黄陂湖的方言吧，我想。

披拂着满身的黄陂湖潮软水汽，我们上车。车灯打开一片明亮的乡村小路，四隅的幽暗树影和唧唧虫声像一片墨似的，洇染过来。我们仿佛经过飞天的梦乡，不觉放慢车速，唯恐惊扰了夜晚的黄陂湖。

月亮在右边的车窗边升起来了。

不记得是谁第一个看到的。看到后，众人按捺不住兴奋，忙停车来拍。

那是一轮红月亮！

又圆又大的红月亮，从黛色的湖面上升起来，仪态万方，一身荣耀红光。

这是黄陂湖养出来的红月亮！我心里默叹，只有这么广阔清澈的湖水，才能生养出这么纯粹而尊贵的红月亮。

岁月河

　　身上的小红袄是去年买的，贴身的绿毛衣是十六岁那年母亲织的，可我还是去年的我吗，还是那个十六岁的走在长长河堤上的我吗？

　　年年岁岁，岁岁年年，春光相似，而人颜已改！

　　我想起童年，想起依水而居的老屋，想起屋后的小河，还有一个童年的秘密。

　　屋后的小河终年悠悠地流着，像一位默默无语的乡野红颜，只在朝霞落日、月圆月缺倒映其中时，才显露那份妩媚和生动。河对岸住的是一户医生，医生家有一顽皮的小子，比我大六七岁吧。常见他凶悍的母亲拿着根竹棍在他身后，而他会忽地爬到高高的树干上，躲避他母亲的责罚，接下来便是他母亲两手叉腰，对着树顶"仰天长啸"一般："××，还不给我死下来！"我和我的伙伴们在河这边看着，觉得好笑，他母亲一走，便也模仿起他母亲的"仰天长啸"，以此消磨无知而寂寞的童年时光。

　　过年了，河对岸搭起了戏台，来了那些穿戏装的人，寂寞了一年的乡村活跃起来了，而孩子们那同样寂寞了一年的心又怎受得了那份震天的锣鼓喧嚣。再三央求下，母亲终于把我打扮得花枝招展，一只小木船荡荡悠悠，载我到对岸，也只是十几米的水路，小木船便泊在对岸小子家的门口，没想到他竟不计前嫌，下了水边，似乎很熟悉地搀我上岸，然后牵我，一路奔跑到戏台……一直到月亮泊在船头，母亲焦急地在船上接我回去。

自此，我总是神往着对岸，不管伫立在哪条河畔，对岸总是最诱人的，那边的花正红，草正青，那边的舞台已款款为我铺开。我曾对着河水和沉在水里的静静的月悠悠地想：十年之后，我会像村里的那些新嫁的姑娘一样？母亲为我置办丰盛的嫁妆，然后一叶兰舟，嫁我，到对岸，也是他，牵我上岸。那时月儿初升，纱窗里的红烛正明。

当岁月的小桨划完了十年的水路，当柳梢上的月正圆，当我已玉立亭亭，对岸的医生家已举家迁走……说伤心吧，似乎也没有什么理由。此后所有的时日仍如同屋后的小河水般那么波澜不惊地流逝着，流逝着。这期间，长长的小河之间有了三两道堤坝，勤劳的农家人要养鱼致富，我也进了破庙改建的学校，从前的那些漫无边际的生活似乎都开始有了规矩和方圆。然后是我初恋的人儿在河对岸等我赴约，直到有一天，他的木船伴着娇媚的月接走了我的嫁妆，我的人！

当然，牵我上岸的已不是从前的人，我明白不是每一段岁月的尽头等待的都是自己的初衷。可是谁也逃脱不了这样的宿命：不管曾是否有过期盼，有过失落，最终都会过了那条河，到对岸，如同我这般淌过所有斑斓的岁月，从懵懂的女孩到初嫁的新娘。

　　弹指间，我已成年，已跋涉了人生的许多沟沟壑壑，有过纵声放歌，有过徘徊不语，有过丽日扬帆，有过风雨当头。那个秋天，我走在幼时向往的河对岸，看对面爬满暗绿青苔的老屋，我忽然想，我能回去吗？——我那个曾年轻美丽的母亲会驾一叶小舟接我回去吗？回去的我行囊轻轻，纯洁清新如清水中的莲花；还有那轮明月会接我回去吗？回去的我一如从前，未遇恋人，未解风情。可是，我知道，我已不能回去——生命，便是在一条又一条的河流上划向对岸，不容回返，而所有的心酸心动便是泊在岁月河里那轮圆圆缺缺的月啊！

不 舍

在清寒深冬里想象春之盛景，比站在春日花枝下仰看朵朵盛开，要更令人心安。这是中年人的不舍。

在深冬，你笃信春天定然会来到。寒到最绝处，春反而近了。有一个燃烧的春天在等你，想想总觉得甜蜜安稳。可是，你站在花枝下，看那些花朵拦也拦不住地要开，你知道开了就会败，开一朵就会少一朵——你叹息也无用。像面对一个执拗女儿，眼看她一头冲进一场没有结果的恋情里，粉身碎骨，死不回头，你垂手无策。

也是不舍。

不舍春光度尽。不舍春尽秋来，又是一年。

衣橱里挂了好几件新衣，吊牌还未剪，不到穿时我总不剪。而身上穿的，常常是三四年前买的衣服，甚至更早，穿了七八年的也有。我就这样怪僻，喜欢买衣，却不舍穿新衣，喜欢让新衣一直囤在衣橱里。

参加某个活动或去某个生人多的场合，想着予人好印象，才不得不剪了吊牌，让新衣上身。穿新衣的那刻，心里有欢喜，更有不舍，仿佛人间又少了一个待字闺中的洁净完好的女儿。

不舍，是恋旧吗？

以前以为自己只是恋旧，后来才知道，不只是恋旧，还有一层，是明白了有限。

花开是有限的。飞雪是有限的。雨水是有限的。灯光是有限的。恋人的爱意是有限的。亲人的陪伴是有限的。韶华是有限的。生命是有限的。才华是有限的。幸运是有限的。

好物都是可数的。

星辰永恒吗？也有限。当仰观天宇，看流星划过，知道距离我们无数光年之处，有星球走失，破碎，化作气体和尘埃，永远消失……人们在喜马拉雅山上发现大量海洋生物的化石，有三叶虫、海藻、鱼龙之类——海会枯。海是哪一天枯的，我们不知道。我们知道时，海洋已成山脉。在漫长的地球光阴里，我们的生命短过从蒲草扇边稍纵即逝的萤火。

知道有限，便不敢浪掷，不敢挥霍，不敢漠然视之。便知道去惜。便常常会疼。便处处不舍。

看路边花开会不舍。走过落叶飘飞的林间会不舍。在古镇看苍苔失水从砖墙上剥落，会不舍。菜市场看人杀鱼剥虾会不舍。曾经年轻潇洒穿着乳白风衣、火箭头皮鞋的舅舅，有一天两鬓飞霜一身工作服从小货车上下来，我笑着迎向他，可是心底掠过声声叹息。那个意气风发的年轻的舅舅呢？回娘家时，会遇到昔时同村的一群伯母，她们见我还亲热地叫我乳名，可是她们却彻底被时光揉皱了呀！想当年，我离家出门读书，村口遇见她们，她们正是我此刻的年龄。而此刻，她们头发不再青黑浓密，腰身不再挺直，面容不再明净……她们仿佛被岁月劫掠了一场。劫走的，已然要不回来。

许多个黄昏，我流连窗台，看夕阳在马路对面的楼墙上一点点收走光影，看楼下一棵老桐树在暮色里一点点加深它的阴郁——属于我们的今夕，很快要成为昨日。

去某个地方旅游，临走，常有黯然不舍。人在高铁上，看窗外的河流街道田野城郭一点点从眼底抽走，心里陡然有种被掏空的疼与恍惚，仿佛一棵树刚刚旁逸生出几根新嫩的丫枝，就被戛然剪去。中国这么大，好景那样多，而我刚刚打探了一趟的这个小地方，想必没有特殊情况是不会再来的。一生一会，大抵这样。

许多美，许多物，许多人事，原是一天一会，一年一会，一生一会，一千一万一亿年一会。

还有这"一会"呀！

虫 声

月明之夜，听到细细的虫声，"唧唧——唧唧唧唧——"像谁在叩门。叩城市之门。

于城居者，蛐蛐是遥远的。远在唐诗里，远在《诗经》里，远在十万丈繁华与尘嚣之后。

这是在城市的某栋第二十九层的寓所里。我知道是蛐蛐叫声，就在我房门边。我意外得要命，也惊喜得要命，好像儿时旧友来访。

"唧唧——唧唧——"只是，是一只落了单的蛐蛐，它的叫声里没有呼应，没有潮起潮落的合奏。这一只孤独的蛐蛐呀，声音纤细，还有一点初来乍到的惶惶然。我想起床找到它，又怕惊扰了它。在这个我一人居住的寓所里，在这个广博的秋夜里，我的心里忽然泛起对那小虫的爱怜来。

这一定是一只远道而来的小虫。

我倚在床头，放下书本，想着这一只蛐蛐究竟是怎么进了我的屋子。是盘桓楼下草丛里的蛐蛐，怯怯爬进电梯，张皇失措经过长长走廊，然后懵懂进了我的寓所？想想，可能性极小，城里蛐蛐少，胆子又小。难道是我从之前的房子搬来时，蛐蛐混进了我的行李里？也不可能。我曾经的租居也是四层的老楼，虽然楼道蛛网尘灰时见，但蛐蛐这样的爬行昆虫是进不了屋子的。

我想来想去，可能是我从我的滨江小镇的家里带来的。每周末，我回小镇，然后再卷上一堆吃食或衣服，回到城市——两地生活，来去匆匆，其实潦草多过诗意。也许，家里有一只蛐蛐在夜间爬进了我的包裹里，然后书童似的一路跟着我上高铁，转公交，进入到一栋清寂的寓所里。

这只蛐蛐，有着和我同样湿润的方言，有着和我同样习惯白日沉默夜晚独自沉吟的生活方式。

在我小镇的那个家里，有时半夜能听到唧唧的虫声。楼下有树有草坪，房前是一条清瘦小河，虫子们有广阔天地可以热火朝天地生活。有时入夜，虫声合奏，汪洋恣肆，或如部落间篝火狂欢，或如宫廷里钟磬齐鸣。彼时我想着，在我的听觉里，还有一个低处生活的昆虫王国，那里子民兴旺，那里车水马龙，那里锅碗瓢盆婚丧嫁娶，那里悲欢离合歌舞升平……我就禁不住莞尔。我们乡下人不霸道，总是一副谦谦君子气，一入夜，就把自己宽广的生活像折扇一样收拢，把空间和时间腾让给小小的昆虫。昆虫又那么乖巧，只得一隅便可欢歌——乡人与蛐蛐，同在清秋凉夜，同享天地月色。

在我小镇的书房里，也到访过蛐蛐。好像有两只，一只在书画桌下"唧唧唧——"，另一只在罗汉床下"唧唧——唧唧——"。彼时是深夜，小镇寂静得像一本已合上的书本，我在书桌边，听着这一呼一应的虫声，仿佛看到两个少年在书房对弈。有时想，我不在书房时，这两只蟋蟀会不会胆大妄为跳上我的书桌，钻进我的书橱？它们用细长的触角翻书，用牙齿读字。它们一身书香，彬彬有礼，不好斗。我书房的地板上，也堆放了许多书，有时几个月都不挪，我猜想，在那些城垛似的书本后面，一定有蟋蟀们在栖息。它们把书本搭建的空间作为音乐大厅，入夜伴着我的灯光，在那里展示歌喉。它们真文艺！

在深夜读书，或在电脑上敲字，有虫声近在咫尺相伴，此境胜过童子焚香，胜过知音剪烛。

第八辑

岁月无惊

少年读

回眸处，是一段葱绿葱绿的时光，潭水一样宁静，又青草一样蓬勃。那是一段悠长的少年时光，沉湎于阅读的时光。

唐诗，宋词。《红楼梦》《简·爱》。席慕蓉，三毛。是那些美妙的书香将我的少年岁月浸染，浸染得有了与众不同的意味。每每回忆，内心充满感激。感激岁月年华，感激文字。

犹记当年读宋词。读李清照，"花自飘零水自流，一种相思，两处闲愁。此情无计可消除，才下眉头，却上心头。"读得眼前水雾迷蒙，心儿无着无落的，一时间也惆怅不已。那个少年呀，也化作了一片薄薄的素白的落花，在晚风里，在流水上，到了远方。后来又读苏轼，读到"大江东去，浪淘尽，千古风流人物"。再去看外婆家门前的混浊江水，全然又是另一种景致。长江多老啊，那么多樯橹灰飞烟灭的往事，都在江水之上演绎。从此，我看到的长江，不再只是空间上的长江，更是承载着厚重历史的长江，是飘散着酒香墨香的长江。它苍茫，雄浑，深邃，风雅。

大雪天，读《红楼梦》，真的是拥炉夜读啊。记得老师曾偶然说过，中国人不读《红楼梦》，都算不得中国人。寒假一开始，就借了《红楼梦》回来。晚上，母亲早给准备了个手炉，是那种红陶的手炉，里面盛了碎碎的炭。手搭在手炉的拎手上，书也搁在上面，一夜夜地翻阅，连书也添了木炭火的香。就着那一炉温暖，一个寒假，读一本传说中的《红楼梦》。读到黛玉焚稿，然后病死，一时悲痛不已，手炉也不要了，只歪在枕边无声大哭，泪湿枕巾。窗外寒风萧萧，是深夜，只觉得满世界苍凉空旷孤独。再读不下去了。一部《红楼梦》，写到黛玉之死，就可以收尾了，再不必写了。那时这样以为。换夜再继续读，又读到宝玉出家，茫茫的大雪，雪影里一个人，在船头躬身拜别父亲。这一回，倒没落泪，可是心上却是闷闷沉痛好久。是岁末，窗外也是大雪，月光下，一白到天际。回头体味文字里弥漫的那种辽阔无涯的哀伤，和空寂，仿佛没懂，又似乎懂得了。

后来，又抄席慕蓉的诗歌在小本子上，一首又一首。书依然是借来的，《七里香》《无怨的青春》，好几大本诗集，抄得满心欢喜又沉醉，哪里嫌累！然后，自己的枕头底下便多了个湖蓝封面的本子，那里面有我写的诗歌，席慕蓉体的诗歌。偶尔借给体己的女同学看，她也给我看她写的诗。我们像两只幸福的老鼠，偷偷分享各自的文学青果。我们在被窝里，打手电筒读三毛。撒哈拉沙漠在哪里呀？荷西是个大胡子的男人，真的很有魅力吗？长大后，我们也一道去远走天涯吧！那时，我们两只文学的小老鼠已在密谋大计。内心有小甜蜜，嘴巴上不好意思说，其实心里都想到那远走天涯的队伍里，一定会添加新成员，他是我们各自的荷西。他要不要也是大胡子呢？再想想，再瞧瞧……

如今，回头想这些读书的琐碎细节，深感文字的魅力有时是，一个人在一本书里活了几辈子，大悲大恸大欢喜，小忧小愁小甜蜜。就这样长大了，内心丰富了。合上书页的那刻，沧海桑田；窗外阳光刺进来，啊，世上已千年。

是啊，世上已千年。每每看到现在的孩子有那么丰富的课外读物，我总禁不住心底苍老一叹。当我在一所中学自编的校本教材《文海撷英》里，又看到了那些喜欢的文字时，忽然有一种血液倒流的激动，仿佛回到青涩年少。"唐诗四季""魏晋风度"，豪放派词，婉约派词，《红楼梦》《简·爱》……看到这些自己曾经喜欢、一直喜欢的文字，仿佛在单调无聊的长路行走中，看到一处深谷碧潭，看到一丛篱下白菊，看到春水涣涣处云生，看到青草离离处鸟飞。

年 羞

那么多年，过年，整个人笼在内内外外一片羞红里。

真不明白，为什么一过年我就觉得害羞，那时候，小女孩时候。

父亲站在庭前张开架势放爆竹，母亲一盘盘菜往桌子上端，我呢，我只觉得有深深的羞意要揣起来，要藏好。

到底羞什么呀？

觉得我们不曾这样珍重地过日子呀！忽然热闹起来，忽然奢侈起来，就有一种忽然被人抬举高看的不安和羞赧。

到处一片红晕晕的，红春联，门楣下也贴好多条红纸条，长长的，人从门里出来，头发上披披撒撒一摊红，不论男女，都像才掀帘下轿的新娘子。树上也贴红纸条，生产队废弃的老屋也贴红对联。连河边喝水的老水牛，牛角上也被父亲贴了两片红，胭脂般。

整个村庄，红得像洞房，人人都是新人。

天天放爆竹，到处放爆竹，大人小孩都在放，好像有做不完的喜事。大年初一早上，父亲起床后在外面放开门炮，我捂着耳朵在床上，恍惚觉得自己参与了说谎，心上一片羞惭。好想对世界说：对不起呀，我们家没做喜事呀，就是大家都放所以也放。

那些放炮的小孩，他们怎么就能唰地高兴起来呢？怎么那么快就抬升了情绪？我怎么就这样慢？我的情绪还停留在庸常日子的平静和素色里，无惊无澜。

就一家人，也没来贵重的客，可是偏要在桌子上摆那么多菜。杀了公鸡红烧，还要宰掉那只步入中老年的肥胖母鸡。平时过节可不这样，平时，即使来了妈妈娘家最尊贵的客人，妈妈也不会这样慷慨到杀了猪还杀鸡，杀鸡还杀好几只。

还把家里弄得那样干净，腊月初就掸起，掸灰，擦陈垢，地面我们小孩子扫了又扫，扫得人不嫌烦地都嫌。又没人来查卫生，又不在大广播上播报卫生得分，可大人小孩子都自觉慎重对待洒扫擦洗，好像在等一个神圣人物降临吾家。到了三十晚上，什么人都没来，才发觉是整洁给自己看：太不好意思了我，这样隆重以礼对待自己。

还要穿新衣裳。我穿新衣裳给谁看呢？我穿得再好看，还是在家里，还没出村子，村子所有的人都知道我是"阿晴"。不来人，也穿新衣，自觉是打扮过头，心上又起了一层湿漉漉的羞意。

邻里之间，还塞糖，还请吃饭。大人不打骂我们小孩子，还给压岁钱，压岁是什么也不懂，我只当是零花钱，可以去河对岸的小店里挥霍。挥霍了，堂堂回家，大人还不问。

就这样，忽然，所有的人都尊贵起来。我也尊贵起来。我为这突降的尊贵而感到不适和害羞。

最让我害羞的是，我又长一岁了！

从我懂事起，我就没欢迎过陡然长出来的一岁。过端午，还是十岁，过中秋，也还是十岁，期中考试的时候也没听说要长岁数，怎么到了除夕，我就成了十一岁？除夕这一天，是怎样一个充满魔法的日子呢？

最主要啊，是所有人都知道我长了一岁。我说话尖酸的大妈知道，笑呵呵看我上学希望我长大后做她孙媳妇的那个老婆婆知道，张家的姐姐李家的哥哥也知道。全村子人都知道我长了一岁，我瞒不过去啊。

长一岁意味什么我已经知道。他们说我会长成大姑娘，大姑娘啊！

会胸脯鼓起来，衣服也掩藏不住，还要肿着胸脯出门干活，路过人家门前。堂姐说，还会被嫁掉！啊，被嫁掉！就像贩小孩的人贩子背一个大口袋蹿上了冒黑烟的拖拉机彻底跑掉，我会被我的父母吪的一声嫁掉，收不回来。那一天，会放很多爆竹，会来很多人，是怕我跑掉吗？我也会被装进大口袋里吗？嘘——听说，嫁掉后，还会生小孩，啊啊，如何是好……

啊，长大真是一件最令人害羞的事。所以，当我听着满村子的爆竹声响起时，我真想逃跑，跑到堆柴火的无人旷野，我不过年，我不长大，我不要被咣的一声嫁掉。我要做我，现在的我，永远的我……

显然是无处可逃，只有老实过年，接受被长大的命运，慢慢老皮老脸，不再害羞。

中秋晓月

四季的月亮皆有其美。像春月，有一种被露水洗过的娟然轻灵。冬月呢，有了寒气，看上去是薄薄的，好像是金属锤出来的，铆进了湛蓝的深空里。夏月也丰润，是属于少年的。只有秋月，外形肥美，宛如庄稼地里结出来的，看了会让人心底生出这样一些词语：富足，吉祥，如意……

忽忆起童年时候，陪母亲在中秋的晓月下行路的情景。那时候，母亲正是我现在这个年纪，做点小生意，贴补家用。

大清早，村子里的公鸡好像还没高吭地叫起来，母亲就已经起来了，收拾货物赶早去集市，好占个好位置。因为中秋节，生意特别好。母亲去集市要路过一小片周围没有人家的坟地，起得太早路上人少，所以母亲有些怕，就叫了我陪她。

母亲挑着货物担子在前面，脚步轻捷飞快，我穿着塑料凉鞋跟在后面，走几步就要小跑一下才能跟上。整个村庄和田野都沉浸在一种古庵似的寂静里，没有虫唱，没有蛙鸣，连路边草木上的露水也都还酣睡在清凉的梦中。只有晓月的光芒纷纷扬扬地撒下来，在人家的屋顶上，在高低的树梢上，在田野上，在我们身前身后的小路上，在母亲的背影上。

我抬头看看那还歪坐在西天上的月亮，好像是结在田埂上的大白瓜，透着香甜气，脚一踢就会滚掉。果然是中秋了！我心里想想，无端觉得日子里也有了隐约的喜气。

沿着长宁河的河堤走，河水里满满荡漾着晓月的清光，白亮亮的，连上天上的月光，整个世界仿佛都是月光做的，都是洁净光明而温柔的。

偶尔在远处坟地的丛林里，会传出一两声猫头鹰的叫声："哇——哇——"那声音细听起来，好像是说：苦啊——苦哇。母亲笑着问我怕不怕，我说不怕。我是当真不怕，因为有母亲在身边，还有天地间一片月色照拂着，就觉得一切都是可信赖的。

陪母亲到了集市，已经看见一些人影，都是和母亲一样来卖东西的。等母亲选好位置，我和她一起将货物整齐摊开在地上，然后等天亮。天是说亮就亮的。母亲说：你快回去吧，别耽误了上学！

母亲给我掐准回去的时间：早了路上人不多，她担心我回去路过坟地会怕；迟了，担心我回去后吃早饭再上学，会迟到。

我就照原路回去，一路上依旧小河伴随脚跟。风凉凉软软的，吹在脸上胳膊上很舒服。晓月的光芒已经弥散在河水里了，化成水上淡白的雾气。

在路上，已经能远远地听到人声，然后陆续有人挎着篮子路过我的身边，他们是去买菜，中秋节在乡下好像过小年。也有女人在河边淘米，准备煮早饭。他们看见我时，目光里有好奇。我知道他们肯定在想：这么早，这小女孩从哪来？我路过他们，心里有隐秘的成就感：我是陪我妈赶集市卖东西的！又想着，妈妈晌午回家，一定卖完了那两筐货物，也一定会带回几样好吃好玩的东西给我和弟弟，就觉得一上午的时间里都有了期待的甜蜜。

在那样一个中秋的清晨，披着月光，踏着露水，给母亲壮胆去集市，虽然来回走了七八里的路，可是那时不觉得苦，也不觉得累。也不觉得那样的日子里有辛酸，抑或坎坷，就觉得这就是生活本来的样子。一路回家，看人家的门次第打开，看他们在村野河边现出了劳动的身影，就觉得自己也是劳动的人，而且起得比他们还要早，心里就欢喜。好像在时间那里拣了一回便宜，在生活那里得到了额外的一份小礼。

那年中秋的月亮，别人只看到过一个，是晚上的月亮；而我看到了两个，多了一个肥肥圆圆的晓月。

幽 居

他们说"宅"。我不说。我比"宅"还要诗意，还要有远意。我是幽居。

我像蝉一样幽居。

是啊，是一只卧在泥土深处的蝉，一卧多年，柔软而湿润。是一只苦蝉吗？

初夏，去外婆家，去童年常常玩耍的池塘边。池塘中间有苍苍芦苇，风情摇曳似《诗经》年代。岸边的沙地上生长绿叶紫苏，成片成片。那些紫苏像过往岁月，散发着一种神秘而微苦的味道。我曾经在那样的沙地上挖过许多次蝉，那样的蝉啊！身子透明而白皙，像个婴儿。

可是，如今我已长大，当我再次听着池塘边桑树上的蝉鸣，想着那些幽居于泥土深处的蝉儿，禁不住潸然。

是把玩终日，涕泪忽至。

那样的蝉，是多年后的自己啊！是处于幽居状态的一个女子。

蝉在幽居，是独自在泥土里，自己抱紧自己。没有光，没有声音。只有黑暗，只有泥土。繁花千里，长河浩荡，那些大地之上的风景，一只幽居的蝉永远不会知道。

是幽居啊。她怀着疼痛的相思，怀着对绿色枝叶的相思，怀着对阳光的相思，在泥土里独自生长。你怎么知道！

一只幽居的蝉，孤独那么长，而可以放声歌唱的时光，那么短。

盛夏时节，一个人坐在阳台边听蝉鸣，听得心仿佛杜鹃啼血，片片嫣红。

你听啊！"知——知——"

那么悠长的声线，有金属的质感，好像是在锯。锯阳光，锯绿色，锯天空，锯生命。越锯越短。越锯越薄。越锯越黯然。

"知——知——"

那不是风花雪月的吟哦，那是生命苦涩深长的啸歌。在幽暗的地底困守了那么久，两年三年，甚至五年八年，可是，当她用尽整个生命的力量爬出泥土与腐叶，在露水与阳光里放纵啸歌，只有一季。只有一季啊！那么短！那么无情！

所以，我听那蝉鸣，分明就是裂帛之声。

那高枝上短暂的生命，因为曾经漫长的幽居，越发呈现出丝帛一般的华美与珍稀。可是，这帛在被时间的美人一条一条地撕："知——知——"撕得秋风也凉了，它的生命便走到了终点。

也许，正因为太短，所以蝉不用嗓子来啸歌，而是用整个身体。它用腹部的鼓膜来振动发出声音，来求偶，来欢聚，来阐释恐惧和悲伤。她是用整个身体来表达内心。那么用力，不计后果，不问退路，不留底。

这样的表达，太隆重，以至担心，小小的躯体怎么承担得起。

看过作家路遥的一张照片。那时，他为了写《平凡的世界》，一个人住到一个小县城的招待所里，夜以继日地写，写得不见阳光，写得像只幽居的病蝉。那张照片里，他头发长而显乱，半片阳光从楼顶上斜照下来，照在他的脸上，满脸的疲惫和忧郁。看了真让人心疼。看了，我仿佛看见，我的身体里也住着那样一只辛苦的蝉，在努力地攀爬向上。黑暗中，还没有生出翅膀，还只能靠那几只细软的脚来划开泥土，划开蒙昧，向上，向上。然后登上高枝，刹那华彩。

路遥写完《平凡的世界》，只过了四年，便因病去世。《平凡的世界》照亮了他，也耗干了他。去世时，才四十三岁，一个男人写作的黄金时代才开始，可是他已经走完了他的一生。

如果生命的华美是这样短暂而疼痛，我宁愿，永在地底，永远幽居下去。我愿意放弃羽化生翅，放弃独居高枝、餐风饮露。愿意放弃奢华与光芒，放弃喧闹和虚荣，做一个幽居在俗世的女子，谁都不认识我，除了亲人和寥寥的几个老友。

我知道，许多时候，我只是一只幽居的蝉。

我的生活，简之又简。是过滤，过滤，只做几件简单的事情。一年的时间，只耗在几件简单的事上。养花种菜，写字旅行。爱人，和爱己。我收敛了所有曾经的疏狂，安身低眉在烟火红尘里，做一个寻常的女子。寻常又寻常，敛了光芒和尖锐的刺。

舒展一些，洒然一些，轻盈一些。做这样一只幽居的蝉，即使，我有清哀，有黯然，有未语泪先流的刹那心酸和动情。即使，我幽居在这样的一段光阴里，偶尔，还心有不甘。但，我愿意幽居下去，漫漫不问期。

像王维和陶渊明那样幽居。他们幽居山林，幽居田园，我呀，幽居世俗红尘。

某日，忽然心血来潮，想在江边买所房子，老了可以在高楼上看潮听风，一个人喝茶。

幽居高楼，俯瞰滚滚红尘。

于是，忙忙抽空去楼盘看，靠近市中心的一律不看，只找面朝大江的。签上合同的那一刻，闭目悠然，仿佛已经采菊东篱下地过起古意的幽居生活。

其实，已经相当于幽居了。不像从前那么爱逛商场了，买小家电，置衣服，基本都是坐在家里上网搞定。甚至连实体书店也不大去，每买书，基本都是开出一列书单，让家人上京东网去买。

也不再喜欢去赶人多热闹的场子，总是尽所能地避。过日子，过得像落花一样闲，落花一样静。约朋友，喝茶聊天，通常都是只约一两个人，涓涓细流地消磨时光。三五个人，就觉得承受不了。

最好的朋友，已然是书本。享受阅读带来的充实。愿意终身做一只幽居在书香里的蝉，哪怕不发声。

也不再长街短巷地去寻找某一个人，或者跟他去郊外登古塔看日落。也放下了，也看开了，那些浓情蜜意。最简洁的爱情，是让一个人，幽居内心，像一条冬眠的蛇，永不翻身，永不醒来。一直地幽居下去。

据说北美洲有种十七年蝉，它会在黑暗地底蛰伏幽居十七年，然后出土羽化，生出翅膀，爬上高枝啸歌，雌雄交配，然后先后死去。在昆虫的世界里，那真是漫长的幽居。

我愿意做这样的一只十七年蝉，我愿意漫漫幽居，不怕孤独，不奢求绚丽的高枝。

是啊，我在幽居。幽居红尘，做闲淡女子。

岁月无惊

越过越平静。

十年。十年前，我呛在生活的浑水里，载浮载沉。然后，试图为了自救，我拿起笔，来写。

像一只昆虫，撞在结了露水的蛛网上，扑扇翅膀，渴望微光。写作，是我照亮自己的微光。那一年，2003 年。

十年后，此刻，我在电脑前，回眸十年岁月。十年啊！人生有几个十年！

他年，我白发苍颜，若回想这一辈子所经历的桩桩件件，我一定最忆这十年。

一个女子，像一痕丛林深处的溪水，穿过腐叶，穿过荆棘，穿过卵石累累，穿过幽冷的岁月，成为阳光下的一湖，一河。看自己，是清的，是亮的，是宽阔的，是绵长的，是柔软的，也是庞大有力的。

曾经，我以为自己撑不到三十岁。我以为，我会在很年轻的时候，决然死去。可是，我活到了现在，过了蛇年，过马年。一年又一年。

很少大悲大恸了，因为有许多充满希望的时光，诱我前行。

我看着自己的孩子，个头一年一年地高，肩膀一年一年地宽，像我上辈子的初恋。每看见他，我就在心底感叹：我真爱有他的这个世界！我想，如果可以，我愿意活得很老，就为了看见他。看见他呀！

我去医院。一个人去医院。没人陪也觉得很好。当踏上医院台阶的那刻，我问自己：恨吗？恨这么多年，身上总是一场又一场的小病缠绵？然后自己抿抿嘴角：不恨。觉得病生得久了，那病也是自己的了，是自己身体的一部分，已经有了亲切感。人一辈子，哪会天天阳光灿烂呢？如果不能，那就不急不躁，放下心来，与小病默然共处吧。就像在一辆短途的车里，与一个穿着邋遢者做了邻座。

有朋友，也是个林黛玉的身子，出门看病，途中发短信给我：看窗外的风景，听音乐，想，如果这是一次旅行该多好。我回她：开心的和不开心的，都可以当成是旅途中的风景。时不时让心站在高处俯视，一切困难就小了。

是啊，十年修炼，我已经懂得俯视不顺、仰观寻常欢喜了。在这样的俯视和仰视中，内心变得强大又温柔。

女人心，不仅是像珍贵金属的冶炼，需要不断提纯，还需要像防洪堤坝，不断加固。

纯净了，坚固了，就自然生出了一份平常心。

阳光大好的上午，去菜市场买菜，晒被子，看花开……

浑然忘记自己还是一个写作者。当遇到愁雨连绵的天气，也不恼哪儿也去不了，会上床睡一个香香的长长的美容觉。爱人迟归的夜晚，就独个儿卧在灯下，看点书，或者冥想，再不像早年那样怒目相向。爱人陪伴在侧，就静静说些话，说说书本，说说日常。

写作成为生活的一部分，不可缺的一部分。但是，对于节奏，不急。像风吹云开一般，随意，自然，轻盈。享受写作带来的充实，但是，不预备做文学圣坛上的祭品。

朱天文写过一句话，叫："庭院静好，岁月无惊。"

我想，过日子，就要有底气地过下去，有力量地过下去，过到岁月无惊。

无俗心

俗心人人有。俗心时时灭。

少年时看《真假美猴王》，当时只觉精彩，多年后咀嚼，嚼出了深味。真悟空和假悟空，从观音菩萨到天宫玉帝到地府阎王，谁都分不清真假，最后，还是如来佛祖，一语道破天机。佛祖跟悟空说，他乃六耳猕猴，和你同根同源。

他因悟空心生恶念而生，心生善念而灭。

其实，悟空还是只有一个。真的和假的不过是一体的两面，是人心善恶的两种呈现。而所谓"恶念"，有时，大概也就是一份俗心吧。计较得失，心怀怨愤，难持真心恒久心，都是俗心了。真悟空打死假悟空，原就是一个圣徒终于舍弃了俗心深重的那个自己，从此怀揣佛心，轻装上路。

萧红的文字一直不喜欢。每每勉强自己去翻，总是半途折返，觉得啰唆，也欠缺劲道。有一天，偶读到一节文字，写她和祖父在菜园里的情景，蓦然惊讶称奇。"花开了，就像花睡醒了似的。鸟飞了，就像鸟上天了似的。虫子叫了，就像虫子在说话似的。""倭瓜愿意爬上架就爬上架，愿意爬上房就爬上房。黄瓜愿意开一个谎花，就开一个谎花，愿意结一个黄瓜，就结一个黄瓜。"这些大巧似拙的句子，像写在莲叶上的诗。人间多少物事老了旧了破了脏了，只有她，还抱一颗纯洁自由的童心，无邪无畏，不老在褶皱满布的岁月里。生活那么艰难，情路那么坎坷，她在写作时都一一将之略去。她打碎了自己，化作金阶玉砌前的离离蔓草，化作瓦砾，化作细藤……那么普通，那么真实，那么风情摇曳。写作面前，她空灵澄澈，她了无俗心。

记得看过一张奥黛丽·赫本中年时的照片，那时她已隐退，回归家庭和婚姻。照片里，她坐在乡村花园里的长木椅上，葱郁的树荫下，一个人静坐。素色的衣裙，素静的光阴，素洁的心。灯光，掌声，万人追捧的荣耀都一一远去。她自愿舍去。俗心远去，她过着露珠般晶莹而恬静的日子。总觉得那照片里有微微的风经过，有轻轻的虫鸣唱起……树林背后，一定有农人荷锄回家，炊烟升起。俗心远去，一滴水回到大海里。回归渺小，成就永恒。

懂得把岁月过成减法的人，是大智大雅的人。对于女人，到了该放下的年龄，就该懂得放手收心了：淡如秋水，悠然来去，闲看得失。

红尘俗人，走向无俗心，其实就是将人生不断提纯。在苦难和荣光里，剔除虚荣，剔除痴妄，剔除浮躁，剔除心灵的杂质。如同一种古老金属，在火与力的作用下，剔除铱，剔除铜，剔除银……做天平托盘上一粒真正的千足金。

最美的女人，是无俗心的女人。身处浮华颠簸的娑婆红尘，内心，已自建起一个琉璃世界。

我到哪里去

如果让我忆及往事，记忆里便是一片渺茫的水，船儿抛下一截又一截的堤岸，急急远去，我是站在岸上的人。

屋后的小河，名曰长宁河。一户一户的人家依水而居，在船上只见岸上的杨柳依依，柔媚多姿，只见春天里开满两岸的野蔷薇，却看不清柳荫里一座座黄墙黑瓦或高或矮的房子，醒目的倒是浓荫下的水边几根木头拼成的跳板和跳板上补上去的一块捣衣砧，这样的组合既可捣衣又方便迎接船只靠岸。一截跳板像一个无字的标签，有跳板的地方意味着附近必有一户烟火人家。那捣衣砧经年累月躺在农家人的粗布衣物下，清幽光洁，衬在一片绿荫下，像浓密的刘海下清亮亮的眸子。

二十多年前，不到十岁的年纪，常坐在捣衣砧上，听对岸一座清瘦小桥下的流水声：雨天里水声哗哗像铿锵热烈的抒情，晴天里涓涓流淌慢条斯理直到没了气力，只剩一块白花花的石头像干涩的眸。也常把一双小脚光溜溜地伸进清可见底的水里，看无风时水底懒得一动的影子。我不知道小河的下游是一个什么样的地方。只说在名为赵家渡的那个地方，端午那天有龙舟，可父母嫌我累赘，丢下我扛了弟弟去。我只挤在人群里看了近处下游的一场端午戏。看戏的人坐在河岸上，像一把撒得或疏或密的种子，演戏的人在船头，那咿咿呀呀在唱什么没人解释给我听，我只羡慕着旦角头顶的珠簪，脸上的胭脂，然后随人群一起回家。没有入戏，也算做了回观众，但一定是人群里最寂寞的一个！以至第一年入学，把老师也当成唱戏的角儿，不管他在台上如何咿呀，我只是看着，然后由铃声释放我回家。直到成绩单上赫然写着"留级"两个字，才知道读书远不是看戏那回事。有些事做不了观众！

尽管如此，我还是不能停止关于小河下游的联想，来来去去的船儿装满了货物，挤满了陌生和熟悉的人，来往于这个寂寞的乡村和我远没有见过的另一个世界之间。那船上的人想必是繁忙的吧，他们的生活想必是喧嚣和精彩的吧！可是隔着一水一岸我无法感受到，只能在老远听到机动船嗒嗒的马达声时赶紧把一双脚塞进小河里，由着船行时溅起的浪花轻轻撞击我的脚，从脚丫到脚背到脚踝，去感应一下外面世界的繁忙给我的哪怕丝毫的震感，然后对着船远水静的河面做些虚无的联想来填充寂寞。

我羡慕着一条条过往的船，如果它的航程可以用一条线段来比方，那么上货的地点是一个端点，下货的地点是另一个端点，它在这两个端点之间拥有了一段繁忙的水路，一段专注的航程。而我终日在这岸上，我生命的一个端点在这岸上，另一个端点会在哪里？我该把我的脚步瞄准哪个方向？我会掀起怎样的水花？岸上有没有像我一样喝彩的人？

总觉得女人的命运里有太多无法确定的得失，太多不可捉摸的玄机。我不知道自己十年，二十年之后会在哪里，会经历怎样的一些人和事。但我知道我终会被父母远远嫁掉，我害怕他们把我嫁到大山里去，常怯怯地想：少水的大山里，走不远的河流边，我该如何走出来呢！道道山梁锁住脚步和目光，我会成为那里的一块干鱼啊。我愿终生在流动的水边，哪怕如一片清瘦的柳叶，落在水上，哪怕无力，哪怕无根，借助风和浪，把我推到大江或者大海，让我感受一片美丽的陌生，融入一个新奇的世界。

我在外婆的长江边消磨了半个童年，夏日的黄昏，姨总会说："晴，快点！我带你到江边吹江风看大轮船去！"她知道我喜欢站在江堤上看轮船来去，看大轮船一路掀起大朵大朵的浪花，喧闹着耀武扬威地驶向远方，直到化为一个黑点镶嵌在水天相接处的渺茫水汽里。它们满载货物，它们何其匆匆！它们都有自己的航程，都有自己的终点站啊！我不知道多少年后，有没有一只大船肯为我停一停，容我一坐，载我，到远方；有没有一处港湾早为我预设好，它在哪里；有没有一段美丽的航程等我去丈量。

年少无知啊，以为成长必得是一路响满喝彩，以为所欲所求可以信手采摘，以为远方必定是一个美丽的所在，其实风浪里的脚步哪能尽由自己，风浪里的人事哪能尽数把握？一只航船的远方即是一个又一个的渡口，它接纳的也无非是一路的悲欢，也许在这个渡口我和你相见甚欢，下个渡口便是我的手从你的手中轻轻抽出，只剩下江水苍茫，浮云远去。

似乎是十六岁那年，坐在微风拂过的窗前，听谭咏麟的《水中花》听到落泪，不敢见人，用长长的刘海遮住微红的双眼。那时，捣衣砧上捣衣的奶奶刚刚去世，同时，陪我在江边看船的我最恋的姨以二十三岁的年龄，把我推开她的怀抱，也撒手而去。明月三十年盈亏，三十年的行世历程，回头看去似乎已走得很远，但我又收获了些什么呢！是的，何苦呢，我何苦这么多年望着渺茫的水纠缠在一个"我到哪里去"的结里？

如今，我依然喜欢坐船，喜欢听船公把沉重的锚提起，"哐啷"一声掷在船头的铁板上——船和岸分离，一声隆重的音响，航程开始。我还喜欢迎风坐在船头，脱下鞋，卸下包。不问船底的浪花可曾喝彩跳跃，不问身后是否有晚霞作陪，不问苍茫江水里何处是我终点，只喜欢启程的感觉，只知船在行驶，我在我的航程里。

第九辑

衣食所安

衣 香

喜欢在白纸上写一个字：衣。用墨色的笔写，萧然意远。

细端详那字形，是一个不羁的女子，在风中。上面一点人头，接着是平平正正的削肩，下面宽衣大摆的，风一吹，衣袂飘扬，有古风。

或者是一个新潮的女孩，歪戴一顶线帽，站在郊外的田野上。好风，好阳光，身后，蒲公英的花絮漫天飘飞。她的裙子张满了风，罩在好大一片绿草上。她也像一朵蒲公英，就要追随爱情而去。

这样美，没法不迷恋。没法不迷恋衣服啊。

明明是，家中新衣连旧衣，裙子复裙子，还买。还想。还要买。

我在自己的电脑里建了个收藏夹，取名叫"华衣如海"。平日里，网上游荡，积攒下一把淘宝女装店的网址，都塞进了这个收藏夹里。每有闲情，仿佛春心初起，便去点击那"华衣如海"四个字。于是，一家家小店的名字，嫣然呈现

眼前，只觉衣香扑鼻。心里一叹：做个女子，真好！就为了
这么些漂亮的衣服，哪怕不买还可以看看的衣服，也要做一
回人间女子。

有时，我甚至认为，女人这辈子，最爱的，不是男人，
而是衣服。世间，有多少女子，曾经是因了衣服，而嫁给了
某个男人。嫁了，还不自知。嫁了，还以为是因为爱情。

"嫁汉嫁汉，穿衣吃饭。"我从前一个女邻居的口头禅。
她直言不讳，嫁男人，是为了饱暖，为了一日三餐，为了那
些漂亮的衣裙，总在店里摇啊摆啊的衣裙。看她呀，把个小
女人做得，真叫理直气壮。

电视剧里，男孩追女孩，动辄大捧大捧的玫瑰花。其
实，我以一个过来人的眼光，只觉得编剧的手法稚拙。除了
送玫瑰，更要送衣服啊。玫瑰养几日就凋了，容易叫人忘
情。衣服却可以绵绵长长地穿下去，甚至旧了以后，还可以
在衣橱里一藏多年。若干年后，晒出来，阳台边，睹物，忆
当年。

我的衣橱里，至今藏有他当年送我的白丝巾，丝巾一
角绣有红梅三两枝。早不用了，可是，还藏着，像心里永远
怀着一个旧人。偶尔，整理衣橱的时候，会瞥见，会贴近去
闻一闻。一低头，往事的味道，时光的味道，都在袭人衣香
里了。

所以说，叫女人永远动心的，还是一件小小的衣服啊。
女人这样物质。

就连《西游记》里那只大闹天宫的猴子也如此，看见唐僧面前那顶漂亮的帽子，一时热了眼，毛手毛脚就戴在了头上，再也下不来了。降妖除魔，那么大的本事，可是只消师父一念紧箍咒，便痛得满地打滚。华衣面前，大圣都犯傻，何况我等凡俗女子，自然难免在衣香撩人里，痴痴销魂。

《诗经》里有一篇，叫《葛覃》，我一直认为写的是一个女子和衣服之间的事，而不只是归宁——回娘家。诗里，那个女子在回娘家之前，忽然回忆起从前少女时候，在娘家，和一帮女孩子上山采葛。割取葛藤，回家煮过，取纤维，织成粗布细布的衣服，穿在身上别样舒服。

私下揣摩，为什么回娘家之前，忽然回忆起从前采葛织衣服的事呢？啊，一定是和我们一样，每出门，就犯愁，今天穿什么呀？这件裙子搭配哪双靴子好看啊？千古女子一条心。她一定是在衣橱里挑衣服时，忽而眉心一动，想起了少女时候的衣服，想起了葛，想起了幽幽深山。

说到底，在女人的小世界里，衣服是盛事。面对华衣，总要多情，总要柔肠千百折。

可怕的是换季。

每到换季时节，面对衣橱，便有一种深重的沧海桑田之叹。

新衣得宠，洋洋洒洒挂开来。旧衣色衰，取出，包包叠叠，或丢弃，或另存它处。弃旧迎新，吹吹打打，衣橱里，又是一世。

衣一季，仿佛人一生。才记得，衣香翩翩如彩蝶，忽忽已到垂暮，灰白的垂暮。

整理衣橱的时候，嗅着旧衣里散发的余香，有隐约的体香，有护肤品的香，有洗衣粉的香。有一个女子锦瑟年华的香啊。余香袅袅中，心头泛起无可名状的微茫和隐痛。

一件绚丽的衣服，在一段年华里，与一个女人的身体，拥抱纠缠。到最后，成为清哀的旧衣。

就像爱情，在岁月流转里，最后被燃成了余烬。

可是，也不悲叹。因为曾经，有那么多贪恋衣香的人。爱过，洋洋洒洒地爱过，就不怕后来，后来的日月荒远。

胭脂横行

迷恋胭脂。是迷恋胭脂的那个艳，彤云曼妙舒卷的艳，浓情蜜意的艳。

第一回用的胭脂，是表姐结婚时送的。揭开盒盖，薄薄的一圈，那么红啊，简直觉得自己承受不起。是一个浩瀚的春天浓缩在一个小小的胭脂盒里了，我端不稳。

第一回用胭脂，是这样惴惴不安。莫名的不安。是觉得胭脂太媚了吗？是觉得自己太轻太薄了吗？仿佛胭脂一施，我就会化掉，化在一团薄薄的粉红里。

多年后，在诗歌刊物《绿风》的论坛里，读到一个女诗人的名字"横行胭脂"，才惊忆起当年的那不安，是因为胭脂那纷纷扬扬的红里，自有一份横行无忌不睬不睐的妖娆。

岁月幽幽暗淡，我偏要一意孤行地妖娆。

妖娆横行，这是胭脂的气质。京剧里，花旦的眼梢腮边，就是这样的妖娆。那妖娆红云一路绵延荡开去，荡到发际。

那时候，在《绿风》论坛里，我也贴过诗《等着你来》：

等着你来

希望在分秒的秆上繁花满枝

顾不得去想水和根

顾不得想

在下一秒的寂寥里

沦为一束干花的命运

　　一晃，又是多年过去。多年过去，不写诗。回头想想那些写诗的日子，真如胭脂一般。是啊，连寂寞，连嗔叹，都是妖娆的。

　　诗歌不写，但胭脂还在用着。

　　觉得胭脂不仅艳，还暖。可以暖心，暖岁月，暖顾盼时的那神采。什么都可以断，相思可以断，痴情可以断，但，胭脂口红不可以断。

　　每天晨起，洗漱用早餐，踮着脚尖在厨房与卧室间跑，又慌又乱，好像小松鼠穿过一片起风的林子。可是，只要胭脂一施，潦草忙乱的时光便倏地端然亮丽起来。对着镜子莞尔，是一朵映日夏荷，亭亭地，临水自照。

　　每次出门，收拾行李，也绝不会漏拣一盒胭脂。揣一盒胭脂上路，心里嫣然。即便贞静坐在冰冷的车窗边，即便孑然行走在陌生的人群里，也觉得自己是含苞欲放，可以随时花开。

　　女子如水啊，胭脂是暖的。胭脂来煮一煮，胭脂来烘一烘，我就沸腾，我就千朵万朵。就飞扬跋扈，就横行无疆界。

2010年春天，我在北京鲁迅文学院读书。那年，北京的春天来得好迟，到了五一长假，平谷的桃花才颤颤抖抖地盛开。一整个三月和四月，都是风，都是花讯迟来的落寞怅然。好在，有一盒桃红的胭脂，照眼，照寂寂春光。

胭脂是同住一个楼层的宣姐姐送的。宣姐姐是个优雅温和的女子，初看清淡恬静，走近便觉得她内心锦绣。有一天，她自西安回来，课间，将我的手盈盈一握：送给你！

啊，是一个小小的精致的盒子。是一盒西安的胭脂！

当时，感动得要命。没想到她那样细心，知道我爱胭脂，爱桃红色的胭脂。

这样的懂得！女人间的懂得，在一盒浅浅的胭脂上，却自有一种深意。这种眷眷深意，胜过英雄豪杰在宝剑浊酒前的那一躬身抱拳。一盒小胭脂，当时觉得灼灼生动，过后想起，已是荡气回肠。

因为太珍重，那一枚桃红的胭脂一直不舍得用。好像一用，友情就薄了就淡了。于是，常常拿出来看，看它满满的，像桃花春水，涨上堤岸来，但是还没溢，还没漫，真好。

最喜欢的胭脂，是不用的。

让它一直鲜红饱满。就像锦瑟年华，是不舍得它过完的，一天一天都不舍得。希望青春不老，希望胭脂不浅。希望，一辈子做一个胭脂一样的女子。

舞蹈家陈爱莲一定就是一个胭脂一样的女子。她六十六岁，还跳舞，不是大婶大妈们跳的广场舞，而是舞剧《红楼梦》。在空旷清美的舞台上，她身着桃红短袖上衣，下着飘逸的湖蓝裙子，在舞台上翩翩如蝶，如早春微风里的花开。近古稀之年，一投足，一转身，还是那么轻盈，流畅，灵气十足。

舒缓的音乐声里，她永远是十五六岁的林黛玉。娇娇怯怯，柔柔的，忧伤的。

全中国难道就找不到一个年轻的林黛玉吗，让一个古稀之年的女子还跳林黛玉？有人说她是舞霸。她解释：林黛玉有四组，其中有一组是她的女儿，还有的，是她亲手培养的弟子。可是，《黛玉焚稿》那一场，人家指定就要她，非她陈爱莲不可。是比过赛的，不是她霸着。有些内在的东西，绵软深长的东西，是要靠岁月馈赠的，年轻也有年轻不能抵达的遗憾。

记得在一个访谈里，主持人请来了陈爱莲，还请来她老公和两个女儿。我特意跑到电视机跟前凑近看，看陈爱莲，和她女儿，到底谁更适合演林黛玉。

真是惊叹，一个女人，到了这样的年龄，举手投足间，一颦一笑间，依然可见一种轻盈和疏朗，一种明媚和清气。她是林黛玉啊，永远的林黛玉。翩翩，袅袅，永远的一枝扬州的早春柳。难怪她女儿说，家里三个女人中，最小的是妈妈。

是啊，岁月沉沉，她一颗黛玉一样的初心，不老，不染。是十六岁的胭脂。

在网上读到一句她说的话："我决不会宣布退出舞台。不演林黛玉，还可以演王熙凤，可以演贾母，同样可以进行艺术创造。"

真是亮烈。也真是欣赏，真是佩服。

人生，活就活个亮烈，活就活个惊心耀目的艳。不遮遮掩掩，不欲说还休。因为，人生那么短。

你瞧，山坡上的桃花呀，都开疯了。你瞧瞧！因为，春天，也那么短。李宇春唱，再不疯狂我们就老了……就老了。

但是，真要活到这样的亮，这样的艳，这样的突兀，太难。世俗庸常里，太容易被淹没，太容易灰暗，太容易，眨眼就老。

一个女友说，女人到了一定年龄，还用胭脂，真是大花脸一样可笑。

我一听，又是羞赧，又觉得凄凉。

我一直都在用胭脂啊。我的胭脂还在面颊上熊熊燃烧啊，难道，也可笑吗？

从此，我就该立地成佛，寂然告别我的胭脂了吗？

也许是怕，再不用胭脂了。可是，心有不甘。

觉得每一个早晨都好荒凉。因为起来后，只有上班，没有胭脂。

出差时像做贼，会带胭脂。但是，躲在卫生间里，每每打开盒子，又怅怅合上。久不用了，情意就疏淡。

如旧恋重逢，相对寂然无语。其实，心底还是爱的，还是亲的，可是，已经口拙手生，时间茫茫，不知道从哪里拾起话题。

还是喜欢买。买胭脂，贼心不死，虎视那些寂寞的光阴。

只是虎视，只是怀着幽凉的野心，迟迟不敢下手。叹：胭脂不横了啊！

汉武帝派霍去病征讨匈奴，匈奴大败，退守焉支山，苍凉吟唱："失我焉支山，令我妇女无颜色。"焉支山又叫胭脂山，据说山中生长一种花草，它的汁液红似胭脂，女人们揉取汁液用来妆饰自己容颜。

想象当年，曾经那么骁勇善战的一个民族，也退守在塞北苦寒里，为胭脂而黯然叹息。就觉得，那小小的胭脂里，也自有一股长风浩荡的气息。

不甘心。也是不甘心。

我拨弄着我的百宝箱里那一盒盒胭脂，轻轻问自己：真的不用了吗？是真的永弃了吗？永不再见？

不！

我还爱。我还要。我还不服老，不死心，不打算鸣锣收兵。

我的岁月，以及我的心，都还未成余烬。我只是暂时冷却，还等待再次燃烧。

到底是胭脂，不燃烧，不横行，便不能清凉寂静！

睡衣当道

女人越活越像一只猫。一只懒猫。

喜欢棉，喜欢软。喜欢舒服，喜欢睡觉。喜欢晒太阳，于微风中闲走。喜欢无所事事，假寐半下午。喜欢这样懒洋洋，渐渐丢掉捕捉猎物和爱情的野心。

拢拢到一块儿说，就是喜欢穿睡衣，伴着可心可意的旧人。

不想张扬给别人看了，不想幸福也要作秀。温软安妥的日子，自己甜蜜地过。像猫在午后的冬阳下，伸开爪子自己舔，一口一口舔，不惊动主人和路人。

那天，和几个文友参加笔会，回来在车上恹恹看路边风景，扯东扯西地瞎聊。我忽然兴起，问他们："许多职业都有工作服，你们说作家的工作服是什么样的呀？"

"应该宽衣大袍的，像魏晋汉唐时的衣服。"一位男士答。

"应该是睡衣。"一位精致的姐姐说。

"是啊是啊，就是睡衣。"我说。彼时，热情高涨，幸遇知音。

每天晚上，端来茶点，换上睡衣：我开始工作，写，写啊写。

换上宽大的睡衣，披下二尺来长的如瀑长发，一个女子，开始在文字里，舒展自己的灵魂。悠然，芬芳，清风徐徐。

家人走进我那间蝉蜕似的小房间，看我，长叹道："一天到晚就是写，就是写，披头散发地写。"

没觉得啊。我没觉得我有那么辛苦。我觉得我像个织女，坐在织布机前，纤云弄巧，飞星传恨，银汉迢迢暗度。写写欢喜，写写清忧，把日子过得山清水秀似的简洁明媚。

记得张爱玲有张照片，照片上的她穿着晃晃荡荡的一件深色衣服，一看，便知道那是睡衣。也有人说是浴袍。她穿着它，抱着胳膊，低眉若有所思，蹲坐在楼梯下。也真是她，也只有她，才敢那样堂皇地穿了睡衣或浴袍出来拍照片。想来，张爱玲当年在上海静安寺的某座小楼上居家写作，常穿的衣服一定是睡衣。穿睡衣的张爱玲，在纸上，飞笔走墨，那是她最绚烂的时刻。只是，这样的绚烂，多半时候只有自己知道。难怪，胡兰成说她是民国的临水照花人。

其实，不只写作时，需要一件睡衣充当药引子。年岁渐长，居家过日子，也会越来越爱睡衣。

你瞧啊，一个小女子，穿着那毛茸茸的睡衣，卧在沙发上，看电视，听音乐，多像一只猫。一只懒猫，一只连发情叫春都懒得去做的懒猫。

从前不爱睡衣。

逛商场，最爱挑裙子看，一件一件试。恨不得都买回家，一天三套地穿。像木芙蓉的变色，清晨初看是粉和白，到午后换成深红，到黄昏则是紫红。想一辈子做木芙蓉。唉——从前过日子，心太浮，人太飘，以为只有宽大飘逸的长裙和丝巾，才能撑得出一个女子的曼妙，才能呈现她的绰约，她的摇曳。

而睡衣，太内敛，太低调。再好看，也只能穿在家里，也只有自己和家人知道。甚至，家人到后来都懒得看。

那时候的心，不愿意委身在一件不入眼的睡衣上。穿睡衣，穿得不情不愿，穿得无味无趣。

是哪一天忽然爱起睡衣了呢？想不起。

水瓶座的女子，一旦爱起某件物事来，就会无管无收，爱到疯狂，爱到烦腻。在家上网时穿睡衣，做家务洗洗刷刷时穿睡衣，躺在沙发上读书时也穿睡衣。

恨不得上街时也穿睡衣。当真就穿过睡衣上街去，只不过，怕弄脏了，于是在睡衣外面罩上更宽大的裙子和披肩。到底太麻烦，于是常常因了这睡衣，便连街也懒得上了。又因为深居简出，穿睡衣的日子也就越发辽阔漫长起来。

于是，许多不上班的日子，许多零碎散杂的光阴，都是在一套套四季轮回的睡衣里度过。

连出差或者旅游，打理行李时，也一定一定会卷上一套睡衣，珍重稳妥地带上。

看电影，看一个女孩子某日去了男孩的家，留宿，穿了男孩的睡衣，在身上晃，越发楚楚可爱。看罢，我知道，爱情的潮起来了。当一个人贴近了另一个人的睡衣，等于是，贴近了另一个人的身体，然后是内心。

睡衣是这样让人觉得私密又温暖的衣服，让人情不自禁想要停下来，想要住下来，想要守下去。

当自己开始迷恋睡衣的时候，每出门，大到商场，小到几瓣屁股都转不开的小铺子，我都会有心去捞一把，捞睡衣。去年夏天，去西湖，晚上逛丝绸一条街，一口气买下三件丝绸睡衣。特别肥大的款式，腰中系一细带，又飘逸又简洁。回来后，一件橘红色的送妈妈，一件卡通图案的送给弟媳，那件宝石蓝上印了大朵白牡丹的，留给自己。穿了在镜子前照，虽然只有自己看到，可是一样是欢喜啊，仿佛花朵盛开临水自照。

女人啊，心总要活到一定的季节之后，才懂得，悦己。是啊，不只是悦人，还要悦己。再往后，怕是悦人的心也要寂灭了，只剩下了悦己，这单纯固执的悦己。

只剩下此刻这样的时光：为一件别人看不见的睡衣，兀自在镜子前生动。

爱上睡衣的人，一定是内心宽阔敦厚的人了，就像河流，已经穿过险峻峡谷，走到了中下游。不再逼自己的身体装进有板有型的外装里，他们懂得解放自己，懂得放缓自己。慢下来，软下来，静下来，好吧，穿一套软软的睡衣，幽居在家，不见外人。看一页书，喝一杯茶，在阳台边，看天光云影共徘徊。

一次出门开会，住酒店，早上吃自助餐。我坐在窗边，刚吃完，正懒懒看窗外的江水，忽觉身边暗下一片阴影来，扭头一看，吓到：一男子穿了酒店提供的那种白睡衣出来吃早餐。众人纷纷看向他，不禁莞尔，但基本都是善意的，虽然不雅观，但尚可原谅。原谅一个穿睡衣的男人。毕竟他没有暴露他的色相，他只是披上了一套很有古风的睡衣，特别舒服地度过清晨光阴。

晚上，坐在电脑前敲字，一抬眼，看见家人坐在身边，也是默然无语地看书。安静的他，此刻，正穿着我给他买的睡衣，白底子上印着蓝色的方格。我看着，看着，一刹那，恍惚以为回到年少，毛茸茸的年少。

年少，初夏，淡蓝天光透过玻璃窗格子，一片一片方形的光印在青幽幽的水泥地板上。我穿着薄凉的裙子坐在窗边，等那位少年，等他路过我的窗前。

如今，他大约不知道，我已经睡衣当道，变成了一只懒猫。

青丝缠绕

放养着一头的野发。

无收无管任它长，有三尺长了吧。每揽镜自顾，看着它垂下来，垂下来，垂垂下来，垂到肩，垂到腰，只觉得自己垂手无策。

好像来到非洲一片未开发的草原，草原辽阔啊，我只有一只小嘴的羊羔，从哪里吃起呢，这铺天盖地的绿！吃不完啊！

又想起光阴薄薄的少女时候。那时候，我也是长发，神采飞扬，看见同学小萍剪了短短的学生头，投过略略艳羡的一瞥。也只是略略羡着，没打算以发一试。可是小萍来劝了，也许是班上的女同学只她一人是短发，太孤芳自赏了，拉我和她志同道合。

我当然不舍得我的头发，可又架不住人家劝，竟在一个中午随她去了理发店，咔嚓剪掉。

剪掉后回学校，继续上下午的课。一路上，小萍说笑，可我都应付不上来，我只想哭啊，哭我的长头发。它们已经躺在理发店的地下，接不回来了。我好想找个没人的地方哀泣，可是，下午还要上课。

我就裸着一颗失去长发后的血淋淋的心，坐在课堂上。旁人的惊讶甚或羡慕，没有给我带来半丝成就感。

我只想念我的头发！

傍晚放学，脑后轻得空落落，一个人孤单驮着一脖子的夕阳回家。是有意避开小萍，我恨她劝走了我的长发，觉得她良心冰冷而坏。半夜做梦，梦见头发依旧长在顶上，青葱茂盛。醒来一摸，啊，没有了……

发誓一辈子再也不剪发。长发到老，到下辈子。

后来，果真就一直长发。

看过往的每一张照片，都是青丝缠绕，像丛林里藤蔓植物幻化而成的小妖。

头发一直养，一直养。个子已经不会纵向再长了，只会横向长皱纹了。慢慢对这一头青丝，就起了莫名的恨意。尤其是洗的时候，怎么这么长啊！乱纷纷。于是，亲自操刀，洗前恨恨剪一截。下次再洗，再剪。某日清闲，伸手将头发捋一把，呀，发梢这样秃而短！

后悔起来，觉得太歹毒了，这样对待自己的头发。

从此柔情似水，善待这一头青丝。

小萍依旧是我的闺密，她的头发烫了大波浪，染成金黄的田野麦浪滚滚。我还是一头素素黑发，直而且长。她的大波浪拉直了，染成酒红，又削掉了，我还是一头青丝在微风里轻轻缠绕。她的头发长长了，又烫成了波涛汹涌的太平洋，我还是清汤挂面。

太爱了，以至不敢动它。不敢烫，不敢染，不敢剪，不敢跟风时尚。只好维持野生状态，只好放任它们朴素地自由生长，原生态地生长。

于是，去年长发，今年长发，明年还长发。青丝缠绕，一年又一年，人都给头发缠进去了，不能自作主张。脑子都长进了头发纤维里，听头发的号令。

潮涨潮退，诱惑一波一波打来，不知道还能忠心捍发多久。看赵薇在微博里晒照片，卷发，大眼，瓜子脸，美得简直像卡通片里的美人。心痒痒了。心痒难忍。到发廊里去，要烫一回，不烫不甘心。烈火烹油地烫一回。

找发廊。那些发廊的名字读起来就有一种肃杀的霸气：风剪云，三千烦恼丝……

就是站在山头上吆喝，来吧，来吧，咔嚓，咔嚓，剪掉，烫掉，毁灭掉……

我坐在椅子上，怯怯问持刀的微笑先生："我想烫，但是不要剪，行吗？"

微笑先生一把握住我的野发，提提，说："那不行哦，不剪，烫不出来效果的，要这样剪这样剪……"

他一边说着，一边指点江山，指着我这片不曾被开发的非洲草原。

我怎么舍得呢！

"那你看看她吧！她也是长发，来了三趟了，终于狠心决定剪掉来烫。"微笑先生说。

我侧脸看去，一个皮肤白静得有些文弱的女子，刚洗了头，坐在椅子上，美发师提电吹风在吹。吹干了，梳平了，我看过去，果然是一头乌黑好发。

"想好了吗？真想好了吗？"美发师手中的家伙已经换了，他抄着一把雪亮的剪刀，站在那女子身后，望着镜子里的女子，发出临终的一问。

"想好了。已经是第四趟来了，不剪也剪，剪吧！"

"好！"

"等一下！等我把脸捂起来，你再剪！"

美发师露出刽子手般不易察觉的微笑，剪刀停在半空，等了一下。

我看见那女子对着镜子捂起自己双眼，不看。咔嚓，咔嚓，咔嚓。长了那么多年，剪起来，这样快！黑发如云，云朵飘落，缤纷在地。

那女子松开手，睁大双眼，看着自己。看着地上的一缕缕头发，哗啦——泪水下来。

美发师始料不及。不知道何去何从。

女子一脸的泪，说："继续吧！"

我觉得，我的心好像被剜了，剜出好大的窟窿。我原想，现场观看她落发为潮女，自己从中获得断然剪发的力量与勇气。可是，事实是，一场生死屠杀在我面前荡气回肠地上演，撼得我心惊心痛。

还剪发吗？壮士断腕，为新潮？

不剪了！不剪了！我已经在看着别人长发剪去中疼醒了，惊心动魄地醒了。

我认了这黑发的命，一辈子，青丝缠绕下去，素素的光阴，像永远素素的十六岁，在巷子里。

经常去街角那家安静的理发店洗头，自带洗发水和护发素，自带两条毛巾。一次去洗头，洗过在吹，看见椅子后面坐一对中年母女，正专注看着理发师给我弄头发。

"好长啊！竟然这样长！"

"好乌哦！没染过吧！这么长，肯定没染过，是真黑。"

这一对母女在我身后窃窃惊讶，为我这一头黑发。我心里想笑，好像自己的庄稼被路过的农人称赞着，欢喜是自然的。

吹干头发后，理发师将这一头秀发细细梳平，两手一分，如刀划水，一肩的长发被分流改道披到胸前。我又听到了这一对母女的惊叹。

我故作镇静地起身，收拾自带的两条毛巾，将它们抖平，叠好，整齐放进包里，然后买单离去。

"还自带毛巾哦，好爱干净哦……"

　　我听到了那母女的感叹议论。玻璃门外，我留一袭长发披腰的背影给她们。我能感觉，我身后的一排排目光里草长莺飞：我的素素长发，竟然也这样，成为经典。

　　它们静悄悄地生长，无人看管，无人再起杀心。浑然不知，这样的草木葱茏，也成了经典。

勾魂的高跟鞋

我一边在键盘上敲字，一边看动画片《灰姑娘》。

就为了看那双漂亮的水晶鞋。

果然是双高跟鞋，细而尖的鞋跟，鱼鳞银的水晶透明小巧。搭配粉色大摆晚礼服，晚礼服绣上重重叠叠的荷叶边，似云卷云舒，勾魂摄魄。

所有的爱情，都是一场梦幻般的童话。所有的现代爱情里，也都会有一双别致的高跟鞋吧。

是啊，要绰约，要勾魂，要包藏收服一个男人的祸心，踮脚，抬眉，一寸寸迎向他，怎能没有一双高跟鞋！

就像春天来临，是从立春的雨开始，从惊蛰的雷开始，女孩子长大，必然是一个神圣节日的降临。那么，是从一盒胭脂开始？还是从一管口红开始？

是看男孩时眼神刹那的温柔湿润？还是将一双小脚插进第一双高跟鞋时刹那的心动和羞怯？

女孩子做了十几年，却并不知道，自己是女人，以为一辈子都是孩子，是女孩子。有一天，上苍赐予的女性意识欣欣然初醒，忽然觉得，自己也是需要一双高跟鞋的。是一定需要，来标记一个时代的来临。

于是，朝思暮想，眼热热目睹比自己大的女孩子，穿着一双高跟鞋，一路摇摇着，从自己身边走过去。

惊鸿一瞥。

不穿高跟鞋，怎么做他眼里的惊鸿？

永远记得第一回穿高跟鞋的情景。用攒了好几个月的零花钱，买了一双高跟鞋，藏藏掖掖拎回家，怕父亲责怪我是个不乖巧听话的女儿。躲在房间里试穿，颠来颠去，简直觉得惊险，不敢穿出房间来。是暗自心动，暗自妖娆。好像炉膛里的火焰，那么烫，也只烫自己。

如今回头想，那第一双高跟鞋，实在貌不惊人。紫红色，接近茄子紫，苍老的紫。唯一喜人的，大约也就是那两个伶仃的细跟。

是高跟就好，哪里顾得上颜色，顾得上款式，顾得上皮质。

就像初恋，多年之后回忆，那个人，也是貌不惊人，无才也无趣。可是，当年就那么匆匆忙忙心动了，写信，约会，手忙脚乱地接吻。本质上，不是爱上某个人，而是，爱上爱情。爱上制造的爱情。爱上爱情的形式。

就是那一双貌不出众的高跟鞋，却让我的少女岁月就此晕晕蔓延开来。堂姐常常写完作业就来我的小房间里，让我把高跟鞋拿出来，借给她穿几步。她彼时还没有高跟鞋，思春一般怀想着早日抱有一双。她穿过，恋恋脱下，还给我时，说："阿晴，你爸爸一定不许你穿高跟鞋！"

真"歹毒"。可是，也真是事实。

我就藏着那样的一双高跟鞋，暗自销魂，暗自甜蜜而焦急，等着自己长大，长大，长大。

是到了第二年的夏，期末考试考了超级好的成绩，拿着奖状回家，想着趁大人们高兴时穿它。才穿时，半遮半露，悬着心，做好默然挨批的准备。大人们没说什么话，但看我时眼神分明有了审判的意思。没批我就好。渐渐张狂起来，越穿胆越大，敢挺胸收腹迈开步子了，敢人前招摇了。秋天开学，穿高跟鞋上学，觉得自己多么不一样。

自己装作不看人，傲视走过。心里盘算，那些男同学，还有女同学，都齐齐看过来了吧？

从此，非高跟鞋不穿。

妈妈手缝的布鞋，只在家里穿。在外面，我要穿高跟鞋，鹤立鸡群，人前走过，摇曳婆娑。

有一天，睡在床上，低头把玩床边的高跟鞋，忽然发现，那鞋底的形状，就是一个鱼钩啊。

这样的一只鞋钩在脚底，我被它勾了魂，迷恋它，就像迷恋自己少女的清洁爽然的身体。

有一天，我长大了，春心初起，我穿着高跟鞋，借助它赋予的风姿绰约，去勾某个男人的魂。血淋淋地勾住，希望他一辈子都不要漏网逃脱。

我是个猎人。高跟鞋是我上山狩猎的必备工具。我不能丢了它，除非我从此不干这营生。

于是，一双又一双的高跟鞋买回家。尖头的，圆头的。水晶银，琥珀色，墨黑铁黑，鱼肚白，棕黄，藕红，桃红。细跟的，粗跟的，坡跟的。女人的岁月，好像便是看鞋，试鞋，买鞋，穿鞋，弃鞋。然后再找，再试，再买，再弃。

这样的过程，就像一场又一场的爱情。

勾魂摄魄，然后魂飞魄散，然后再勾再摄。一辈子，颠着高跟鞋，在红尘里爱爱恨恨，爱恨得胡尘四起。

电影《购物狂》里的张柏芝，疯狂买包，买衣服，买鞋子。那样的疯狂，简直像琼瑶剧里的男女，为爱情歇斯底里。我喜欢看电影里张柏芝的房间，那么乱，包包左一个右一个，鞋子东一双西一双。那么乱，那么耀眼，那么生动，就像雨后花枝，又像盛世王朝的市井。

这是一个女孩子的青春，被夸张的青春。

曾经读过一篇小说，一个风流男人，多金又多情，沾染过无数女子。那些女子，或清纯无知，或妖艳惑人。他跟她们每一个人恋爱，上床，然后分手。分手，他会留下那女子的一双高跟鞋，留作纪念。他有一处不为外人打开的柜子，里面放着一层层的女人的高跟鞋。他偶尔一个人去打开柜子，拎起鞋子抚玩，想起与某个女人的销魂。

其实，在女人的衣饰中，最性感的，还是高跟鞋。

一双鞋，一个女人。一双鞋，一场爱情。《灰姑娘》里的那双水晶鞋，只有灰姑娘能穿上，她的两个姐姐，再怎么用尽心思也枉然。水晶鞋只属于灰姑娘，王子的爱情，也只属于灰姑娘。

喜欢漫画家吕士民的画。家里藏有两幅，后来，又在省新华书店买过一本他的画册。其中一幅，题目叫《相互勾引》，画的是一对老夫妻，两个人都握着一根拐杖，只是拐杖不落地，两根拐杖弯弯的那一头相互钩着，一个在前面引路，一个在后面跟着，笑呵呵。

好温情，好感动。

爱情苍老为朴素亲情。老了，不穿高跟鞋了，不勾魂摄魄了，只把一根拐杖弯弯钩起，钩起她的那一根拐杖。这是中国式的浪漫。

以为会一辈子爱高跟鞋。其实不是，爱也老，心也老。有一天，会不再翘首，不再观望，不再等待，不再云来舞去地妖艳。有一天，会安然着陆，喜欢平底鞋。

朋友说，北京是一个不适合穿高跟鞋的地方。因为北京太大，堵车又厉害，穿高跟鞋，一天下来会累得虚脱。彼时，朋友久居北京，穿绣花的平底布鞋。我那时执拗，偏还要穿，放诳语："我只爱穿高跟鞋！发誓要一辈子穿下去。"

岁月流逝，打几个岔就过去，忽忽已到事事稳妥的年纪。不怎么穿高跟鞋了，然后，不怎么看商场卖的高跟鞋了。不妖了，不狂了，不藏祸心了。

穿高跟鞋，果然太累啊！怎么先前就不觉得累呢？真是奇怪。

接受岁月的招安，接受生活的招安。

香魂一缕，在岁月和生活的挤压下，压为薄薄一枚药片，微苦微温的无毒药片。

不穿高跟鞋了，不被魂勾，也不勾魂。

眉弯弯

陆小曼有个小名，叫眉。

诗人徐志摩与她恋爱时，相思熬身熬心，写信，写日记，长一句是眉，短一句也是眉。

> 眉，这恋爱是大事情，是难事情，是关生死超生死的事情。

> 今晚轮着我想你了，眉！我想象你坐在我的床头，给我喝热水，给我吃药，抚摩着我生痛的地方，让我好好的安眠，那多幸福呀！我愿意生一辈子病，叫你坐一辈子的床头。

那些鸿雁传书，那些甜蜜而私密的日记，后来编成了书——《爱眉小札》。

常想，一个女子名叫"眉"，她的父母在取名时，是怎样于云雾样的汉字里灵机一动呢？不叫那些带王字旁的字，如珊、琪、琴……也不叫那些带草字头的字，如芸、芬、莉……金枝玉叶都不做，做眉。清素的眉。清远的眉。

忽然想起林黛玉，大观园里的姐姐妹妹们唤她颦儿。颦是个动词，皱眉的意思。用动词取名，别有意味。这名字也算是宝玉送她的，名字的来历再追溯，便追到了西施身上。西施常患心痛病，以手捧心，微微皱眉，一幅弱柳扶风的情态，令人可怜可爱。

《红楼梦》里，曹公将多病的林黛玉比作病西施，两弯似蹙非蹙罥烟眉，一双似泣非泣含露目，就叫她颦儿了。弯弯的眉，垂挂下来，像西天的晓月，清冷孤寂。

小小的眉，原来有这样一番悠悠深远的过往。只是一般人家，没有底气的人家，又哪敢轻易去取！

眉弯弯，一弯，就弯出了风情。

唐朝的仕女画，画女子，丰硕圆润的脸庞，小小的嘴，细细的眼睛。最美是那两弯袅袅细长的眉，像渺远的海岸线。静静的海湾里，泊着两只瘦瘦的船，唐朝的船——唐朝女子的眼睛啊。

喜欢看日本的浮世绘，尤其是肉笔浮世绘。用笔墨色彩一笔一染画出来的那些美人画和艺人画，低胸，露颈，丰脸，细眼，眉弯弯。是眉弯弯啊，仿佛高天瘦月，清光一泻千里。华贵里自有一种清风徐徐荡过的开阔与明净，可是又性感，脂粉气荡漾笔墨间。

我一直觉得，日本的浮世绘和中国唐朝的仕女画之间，有着某种隐秘又紧密的渊源。都是那样小小的红唇，丰腴的面庞，清远细长的眉。只是，中国的仕女画更多了一种闲逸富贵之气，而日本的浮世绘，则在色彩与线条里渗透了中国春画的香艳。

可是，不变的是眉。眉弯弯啊，一脉相承下来。

看日本的艺伎，仿佛那是浮世绘里走出来的美人和艺人，只是，剔除了浮世绘的性感，替之的是更浓的脂粉。那脂粉厚厚地敷，敷到有一种清冷的远意。看艺伎表演，看她在木地板上侧身缓缓打开纸扇，只像是看一幅流动的画，不生情欲心。

看过许多个艺伎的眉，眉弯弯，只是那弯里有一种冰冷的剑气。她那里，低眉看的是自己的手指尖，以及和服的镶边；抬眉，抬眉也不看你。她冷眉对客，仿佛在说：我只是跳舞，只是表演，不要靠近我，一旦靠近，我的眉，我的身体，会顷刻弯成利刃。

也有的艺伎，在眉心各点两颗朱红的痣，在眉梢涂极红的胭脂。可是，虽红，虽艳，依旧拒人千里。

到底是一个清冷的岛国，清冷的雪国，眉弯弯，弯出的竟是一股清冽之气。

而我，总以为，眉弯弯那样的清美，是属于少女时候。白袜子，白色平底运动鞋，及膝的连衣裙，浅蓝和浅粉，棉质。然后，素面，清眉，轻盈穿过长街短巷。天蓝蓝，风轻轻……

还记得，十四岁那年，照镜子，忽然发现，自己的眉，如此之美。它们芳草萋萋，苒苒生长，像婆娑生长在湖湾边的两岸芦苇。那样的眉，它们不像旷野上的野草，长得无收无管。它们有自己的纪律，它们懂得节制，保持姿态。

我的眉，长得最美的时候，是少女时候。后来长大了，画蛇添足，人云亦云地修，结果越修越糟糕，可是，回不去了。回不到当初。

也记得，刚恋爱时，有一回，他捧着我的脸，环视五官，一一点评。他说我的双眼皮油光发亮，好像火眼金睛。彼此大笑，笑过继续。他说我的鼻子小巧，看上去好安静。我明白，其实是缺少高瞻远瞩的夺人气势。说到我的下巴，瘦削而尖，还凉。是少女的凉，洁净的凉。也回不去了，那样的凉。

唯独，没有说到我的眉。

我的眉，清瘦，弯弯，卧在刘海之下，贞静自守，寂寂等待发现。

是过了好久好久，一次洗脸，抹开刘海，他忽然惊觉我的美丽的眉。

"怎么……怎么……怎么今天才知道啊！"

我嗔道，为我的眉感到委屈。一个女孩的眉，朴素而寂静地存在着，好像日月红尘里一颗绵密爱着的素心，不被发现，或者容易被漠视。

要穿过多少逶迤的岁月，要穿过多少回烈焰红唇与粉面桃腮，你才能抵达一个女子最素最远的眉。眉弯弯啊，你何时才能穿越浮世奢华，一身轻盈地抵达，我湖湾一样寂静悠远的内心？

离心最近的是胃

会因为某个地方有好吃的，然后喜欢那座城市。

会因为跟某个人一样，都喜欢吃某样食物，然后肝胆相照如遇知音。

会因为某个女人烧得一手爱得牵肠挂肚的菜，而守了她一辈子，即使她姿色平平，没上过大学。

离心最近的是胃。

有时，是食物决定你住在哪里。就像游牧民族的逐水草而居。

出门，去一个海边城市，刚好那城市里住着一个结识了两年的友。她在电话里殷殷召唤："冬林，快来啊，我带你去看大海，还坐汽艇在近海处冲浪！"

我架不住诱惑，就去了，住在宾馆里。虽然她再三要把我的包包拖出宾馆去，要我住她家，但我还是顽固抵抗，不去。

每个女人，白天和晚上都是不一样的。就像没喝酒的白素贞是娘子，喝了酒的就是千年蛇妖。

所以，我不想让她看到夜晚的我，我也不想看到夜晚的她。各自端庄，就好。

白天，我们一起看大海。夕阳从身后照来，好红，裹着头巾的我和她，在海风里，在夕阳下，好像长在一条垄上的两株红高粱。

第三天，告别，她设饯别宴，亲自下厨。我手提一束百合提前到达，想欣赏一个女人是如何打理她的小窝，她在厨房里烟雾弥漫，响声震天。

中午菜上桌，一桌海鲜。

我不吃海鲜。

她和她爱人频频举杯，还用公共筷子为我一块一块地夹菜。一家人热情得像桃花源人。初次到人家去，又不好拂了人家美意，连不吃海鲜都不敢说。海鲜里，恐怕只有海带和紫菜我吃，可是桌子上偏偏没有。

我就只好生吞活咽下去。那些柔软的身子，那些奇怪口感的腿脚，我哪敢用牙咬，咬了会恶心。

出朋友家，我喝掉三大杯开水，清洗我的肠胃。

回头想想，朋友一片盛情，因为到海边来，所以只用海鲜招待。她忘记问我吃不吃海鲜了。

华丽的友情，就像华丽的晚礼服，只可过过场，却不能贴心贴肺地穿着它睡觉。睡觉，你需要一套全棉的睡衣。

我和这位滨海的朋友，交往多年，一直没有成为至交。

人走近了，胃不接受那座似乎总是充满水汽和腥气的城市，慢慢心就远了。友谊至此也荒疏起来。

原来，一颗心，上面笼罩的是胃所发出的讯息。

我想，我是进化错了的物种。我应该是爱竹的大熊猫，而不是一个小女子，要经过各种奇怪气味混杂的人世间。

如果是熊猫多好，多好。我就不用干活，被保护起来，睡在竹林子里，懒洋洋甜蜜蜜地吃着竹笋。

我太爱吃竹笋了。

由此，每出门旅游，事先总要对着地图指点江山：哪里有好笋吃？

其实，出好笋的地方，往往都是山清水秀，进而人杰地灵。

所以，小长假里，最喜欢去黄山边的那几个小县转悠，像头出来寻食的驯良小兽。看了山水，赏过人文，接下来就是思慕已久的吃。吃笋，笋干，笋衣，还有多汁的新笋。连带着跟笋长在一起的小伙伴也爱吃：菌菇，蕨苔，木耳，石耳，黄花菜……

就这样，心念念，想做个彻底的徽州人。连住在黄山那边的朋友，即使没见过面，即使一年只有一两次交流，也都觉得骨子里亲。觉得他和她，都是诗经年代的子民，风雅是血脉里的风雅。

小时候，思念，是胃发出的。

胃说想吃什么了，心就向往那个地方。家人说他小时候最盼望去他大姑妈家，因为，大姑妈家有世上最好吃的炒米糖，里面掺了芝麻，还有花生。吃一回，回味香甜好像日日是新年。还有大姑妈家的炒米，用猪油拌过，用开水冲泡，好香……

我小时候，父亲每出远门做手艺，我便日日盼望他回来。放学路上，跟堂姐和堂哥说起，就像心里焐着一个树上摘的柿子，等父亲回家来，这日子就是软软甜甜的。父亲那时回家，包里总会有苹果和橘子，好香啊，我揣过那样一个苹果上学，一路闻香，又揣回了家。实在不舍得吃。

有一天，我忽然悲从中来，遗憾看到自己的世界，其实好小。我深深知道，我的脚步不会迈得有多辽阔，因为我的胃偏狭，不肯接受各路风味。

是胃，决定了心胸和胆气。

有一年，在北京读书，导师请我们几个学生吃饭，选的是专做淮扬菜的酒店。

淮扬菜的风味十分接近我的口味，接近家乡菜的风味。席间，我看着一碟碟素而安静的菜，好像他乡遇见儿时伙伴。一餐饭，吃得乡愁四起。

想家了。我遗憾地知道，胃在哪里，心在哪里。它们，离得好近。

马兰豆腐，一场春日清欢

春日酽酽，能与一盘马兰拌豆腐相遇，是一场素素清欢。

喜欢自己去野外，挎一个小竹筐，把自己放牧，放牧在满野的风日里，在春天。这是一件动心的事。

尤其在深冬，围着空调与取暖器转，转出一身的干燥火气，这时候，最向往春日田野上的马兰头。长在田野与心上的马兰头，清凉湿润，好像是一个无关风月的知己，可以一起在垄上御风而行，而歌。

在水泊浅滩上生长的马兰头，长相雍容，好比是唐画里的仕女。一根根，亲手挑来，他们的嫩叶里，有春风的柔，春日的柔，春水的柔。

挑个半篮一筐的，黄昏回家，觉得自己也在春风里盛开了一日，是盛开了一日的好心情。一个人挑马兰，在这么浓酽的春光里，觉得日子过得盛大庄严又邈远。

回去，清水洗马兰，一水又一水。野外野生野长的马兰，因为野，泥沙草屑，沾满茎叶。他们好像隐居在民间的士，既风雅，又有一种难得的草莽气。

洗净的马兰，在篮子里，千枝万叶，朵朵生动，那么彻底的绿。就让它们继续待在篮子里，滤水。

滤好水的半篮马兰，开水里打滚焯一趟，然后捞起，摊开。待凉后，攥成一团，挤掉水分，切碎。横切竖切，切得碎碎，然后倒进盘子里，等待赴一个情意淡远的约。

后半场，是豆腐的戏。一块新鲜的豆腐，清水洗过，再用开水过一趟，稍微滤下水，然后切它。

先削出极薄的豆腐片，尽量控制在两毫米的厚度，然后，豆腐片切成豆腐条，最后豆腐条切成豆腐丁。就这样，慢慢切，终于有了一盘支离破碎伤心欲绝的豆腐。

在最深的痛楚与最久的等待里，终于有了豆腐和马兰的睹面相逢。是啊，是睹面，深深地相对，相谈，而不是擦肩，而过。

将早已切碎的马兰和豆腐丁放到一起，倒进深口的大碗里，放盐。一块豆腐能承受的盐量，想来应不需要我具体到多少克吧，好，那就是少量适量。然后，继续放作料，适量的白糖，还有蒜末，一起拌。拌到马兰和豆腐贴心贴意地贴到一起，共剪西窗烛，轻话巴山夜雨。

拌匀拌透后，在碗口蒙上保鲜膜，放进冰箱保鲜冷藏格里，略略冷一冷。豆腐和马兰，它们都有一种清远寂静的格调，清凉是它们的体温。

最后是上桌，将凉透了筋骨的马兰豆腐再次倒入一汤匙的陈醋,一汤匙的芝麻油,再次拌匀,转身倒入一个浅浅平平的盘子里。

在春日的向晚,独上高楼,临窗远眺。看芳草迷离,行人如芥,忽生了一种幽幽远思。彼时,想要喝一盏半盏的清酒,想要和一个有静气的人对饮,想要一盘清凉芬芳的菜肴在话语之间。

在一盘马兰拌豆腐面前,我们,享一场清欢。

一素到底南瓜头

在饭桌上，伸筷，遇到一盘清炒南瓜头，仿佛遇到深山水泊处的隐士，内心倏然清凉寂静。

南瓜头，实则就是南瓜藤上的嫩茎蔓，并杂以嫩叶柄。撕去茎蔓叶柄上带刺的表皮，再剪成条状，清水濯洗。细睹篮子里滤过水后的南瓜头，一根根，玉树临风的样子。用植物油下锅，佐以青椒丝或红椒丝，清炒。火要辣猛，翻炒要快。放盐少许，盐多菜显老。放糖少许，糖可以收收野性，增添它的亲和。起锅时拍两粒蒜子，美味告成。

暑热的天气，肠胃脏腑皆成火焰山，唯有一盘南瓜头的盈盈青绿，芭蕉扇似的，可救。挑几根过来，横在碗边，一碗半碗的米饭妥帖入喉。漫长的暑天时光，在食物里被一寸一寸消解。盼夏天，其实是胃在盼夏天，盼夏天水淋淋的瓜果，以及每天一盘翠绿翠绿的南瓜头。

北方也种有南瓜，荒山丘陵的脚下爬满南瓜藤，但我总以为那里的南瓜头不可食，缺少水意。唯有这雨水充沛的江淮地区生长的南瓜头好，它们情意脉脉地长在田间地头、溪畔水边，等人去掐去采。每年清明谷雨之间，我都会在单位大院的偏僻处种上几头南瓜，不为吃那矮胖的黄南瓜，倒真是舍本逐末地为一把南瓜头了。六月天，黄梅雨绵绵渺渺地下，菜园里的野草和菜蔬一起疯长如叛军，南瓜硕大的叶子层层叠叠铺满菜畦和地沟。清晨，去菜园，露水濡湿裙摆和脚踝。裙摆下，南瓜藤纵横交错地爬，野性十足，那茎蔓粗得像怀孕的水蛇。俯身去掐南瓜头，一掐一大把。提回家，一路滴水，有叶子上的露水，也有茎蔓里渗出的汁水。南方的南瓜头，永远是二八年华，含着水意的。

有一次，在饭店吃饭，服务员端上一盘南瓜头，用肉丝炒的。一见，恨从脚底起。怎么可以这样亵渎南瓜头呢！格调低下的荤腥，怎么可以挤进南瓜头的怀抱！南瓜头只宜素炒，永远。它是纯粹的！一颗心素到底，不同流，不合污，不与油滑浅薄者为伍。

夏天，在家里，上午的时光总会用来撕上半篮南瓜头。中午清炒，佐青椒，一素到底。碧绿的南瓜头卧在净白的瓷碟子上，一眼看去，山水清明。

吃南瓜头的时候，不知为什么，总会想起明清小品里的那几个人。王思任、张岱、金圣叹、毛先舒……明末清初，居于苏杭，诗酒文章，既有风雅也有风骨，不谄媚新贵，不趋附达官。明亡，一个个，或绝食，或隐居，或不仕。大凡隐士，都是有节之人，隐于偏僻江湖，以疏狂姿态，坚持自己的信仰。想来南瓜头也有几分神似。

南瓜头的身份，在菜品里，也只能算是一种野味一个配角了，而且，永远无法给它加官晋爵——实在想不起，除了辣椒，南瓜头还能跟什么菜混搭起来合炒。南瓜头偏。因为偏，所以纯粹，所以格高。

我在江边小镇，过的也是一素到底的日子：工作之余，写点小文，种些家常小菜，养几样不成气候的花木……自觉，这状态也是野生的状态。偶尔，会指导家人炒南瓜头，提醒他要一素到底。南瓜头有节，成全它。

酸菜鱼的沧海桑田

在菜市场，看黑鱼养在卖鱼人的水箱里，扭动着黑色带斑纹的矫健身子，很有些草莽英雄相。它不与其他鱼虾为伍，沉默着，孤傲地，贴着箱底，自立为王，拒人千里。

这样的皮相，似乎注定了在做菜的命运里，饱受大起落、大炎凉，然后得大成就、大喝彩。

做酸菜鱼，首选的主料便是这样一条黑鱼，有野性，捉在手里捉不住，它鲁莽力大，喜叛逆，所以，肉质细密有弹性。

称条一斤左右的黑鱼，去鳞，剖肚，除去内脏，清洗干净，滤掉血和水。抛它赤条条躺在案板上，斩头去尾，留下躯干部分。然后是切片，将鱼肉切成薄薄的鱼片。切过，将鱼片用生粉拌匀，拌时里面撒些姜末和盐花。一起拌好后，不急用，让鱼片在生粉里沉沉睡上半小时左右，这样，肉质就更加白嫩了，草莽气也去掉了。

主人的战场可以先转移到前方灶台边，炖汤。在事先炖好的老母鸡汤里舀出两碗汤来，倒进一口炒锅里，然后，再往炒锅里添加两倍鸡汤量的水，加红辣椒、花椒、姜片、盐、糖，盖上锅盖，继续炖。约莫十五分钟，这些作料的味道基本都炖出来了，炖进了汤里，你侬我侬——我们就得到了一锅做酸菜鱼的好汤了。调弄这锅汤有些烦琐，但要有耐心，它就是酸菜鱼的家世背景，汤好，菜就有品位。喜欢辣的，就在汤里多加些红辣椒；喜欢麻的，就多加些花椒。糖是代替味精的，不用太多。

在煮汤的间隙，咱也不歇着，去准备酸菜。拆开包装后，将整棵的酸菜切成几大段，这种大块的酸菜在鱼汤里浮沉，有慷慨气。酸菜不要切得过于碎小，太碎太小就显得太小家碧玉了，气质上跟热辣野性的酸菜鱼不般配。酸菜切好放进碟子里，备用。

现在，汤已炖好，只等鱼片来当家。且将裹在生粉里沉睡的鱼片叫醒，将它们翻翻身，捋平身子，放进波涛翻滚的沸汤里，只两三分钟，鱼的香味就蓬勃散发。再煮一两分钟吧，让汤汁的味道彻底进入鱼肉里，毫无保留地。

在煮鱼的间隙，另置一口炒锅。大火，锅里倒植物油，待油爆热后，将切好的酸菜倒锅里快速翻炒，加少许白糖起鲜。炒好后，盛进一个可盛汤的大号汤碗里。

这时，第一口锅里的鱼片也已煮好，香飘满屋。停火，将鱼片连同汤汁浇在刚炒好的酸菜上。苍老的酸菜沉在碗底，白生生的鱼片在汤面上载浮载沉，好像白玉兰的花瓣落在早春的草地上。撒上点葱花吧，还撒上点熟芝麻。吃前，下筷轻轻一翻，鱼片和酸菜，在稠浓的汤汁里，睹面相逢。曾经草莽的黑鱼，现在像白面书生；曾经水嫩的酸菜，现在黝黑苍老。这样的相逢，很像刘禹锡在扬州相逢白居易，回望贬谪的二十多年，时光流逝，故旧半零落。可是，到底是回京了，暂凭杯酒，意气还在啊！

一碗酸菜鱼里，有老酸菜的酸，有老鸡汤的醇，有黑鱼片的鲜……草莽英雄一样的黑鱼，在老鸡汤和老酸菜的成全下，终于有了这最后的高昂和隆重。它不再孤傲，它需要别人成全；它不再草莽，它冲锋在前，成为主角。

历经沧桑之后，终于轰轰烈烈得圆满，这是我的酸菜鱼。人生到最后，还有这一番热辣，这一番酣畅淋漓，来体面地收场，就不枉时光了。

等我为你熬锅粥

粥是庄稼在文火和时间里开出的最后一朵白花，素雅，淡定，温厚，融通。

"女人不到四十，是熬不好一锅粥的。"是的，这之前，只是煮粥。一锅好粥，最重要的是熬粥的人要有耐心，诸般烦恼琐屑之事都已经放下摞开，只守在粥边，素面净手，于奶白色的水汽蒸腾中，一瓢又一瓢地轻轻和着，那粥里，是掺了点点滴滴的心思了。

年轻时，我们忙学业，忙工作，忙交朋会友，心是浮在水面上的油珠子，只图个形式上的光彩炫目，沉不下来。几乎舍不得在家务上浪费一分一秒的时间，认为那是不智的。即使偶尔矫情地想做一回喝粥的女人，也只是邀几个好友去粥城，把各种荤的素的粥每样来一碗，然后再要几个空碗，每样灌几勺过来，都尝个遍。场面弄得热闹，其实，近似做戏给自己和别人看。

偶尔在家弄回早餐，也尽量避开粥，因为那太耗时间。下碗清水挂面，再煎两个荷包蛋盖在上面，就觉得日子已经花开一般精致。很多时候，不弄早餐，只在上班的路上钻进一家早餐店，匆匆点一杯豆浆，另加饺子和包子若干。身为南方人，却身份模糊地吃着北方式的早点，也没觉得尴尬。

"女人不到四十，是熬不好一锅粥的。"一次出门在外，早餐桌上，望着一碗白粥，一位长者深有感触地说。当时，听得心惊，仿佛被人揭老底。想起这些年，我不曾为我的家人好好去熬过一锅粥。自恃厨娘多年，其实，很多时候做得极其潦草、布满漏洞。仿佛一个人，靠了才气为文若干年，某日只听得他人一声叹息，心里便要惶恐大半夜，惊觉自己的文字缺的是岁月和经历磨出来的那一种厚重沧桑和淡定平和。

人近中年，终于开始惦记起粥的好。开始穿素淡的棉布衣，挽着他去超市，绕过咖啡巧克力，在放米的货架边流连。虽不事稼禾，可是看五谷杂粮，心底里却也盛满了老农一样的沉甸甸的欢喜。一锅好粥，小到选料，都是讲究。一把米在掌心摊开，从指缝里落下，一粒粒，像那些走了来了的平凡日子。选哪一种？是江南的香梗，还是东北的大米？哪一种，味更偏于甜香？哪一种，口感更偏于软糯？哪一种，色泽更为莹白？哪一种，秉性更为刚硬孤绝？需要在熬的过程中不断添加哪些作料，于文火中慢慢打开它的心扉？斟酌词句一般，怕都是要慢慢磨吧。

是的，慢慢磨。

慢慢磨，人心终于如泉水入潭一样定下来，知道在外面，你可以是一件漂亮的瓷器，景泰蓝或青花瓷……但是在家里，懂得剥去那一层浮华的釉彩，做一只陶土的罐，在安静的厨房，为家人，拿分分秒秒和一颗素朴的心，熬一锅又稠又香的白粥。慢慢磨，每一个平凡的日子，终于在掌心上开花。

　　所以，我的爱人，如果在厨房还未见我的身影，请相信我正在路上，回家的路上，往中年的峰顶攀登的路上。请不要轻易失望和否定，请耐心等待，等我回家，为你熬一锅好粥。在开了花一般的粥香中，放眼看此后的红尘岁月——路越走越宽，心越走越定。

露天菜市场

逛一个城市的菜市场，就走进了一个城市的厨房。

而我偏爱城市边缘那些露天菜市场。野生野长的菜市场，这儿一摊，那儿一铺。

那里，藏有某个独特地方的独特私房菜。这些菜，或许外地就没有；即使有，也不是这个地方的味儿。

每次去逛宋朝大书法家米芾的办公旧址——米公祠，会路过一个大菜市。

那菜市里人头攒动人声喧哗，好像终年在煮一钵麻辣烫，粉丝啊，毛血旺啊，蘑菇啊，香菜啊，豆腐干子……突突地在冒热气。冒着，冒着，泼洒出来了，溅得沿街沿路都是——菜市场外边的巷子里，蹲了两排的菜农和贩子。人和菜，密密匝匝，结成一个婉约又古朴的露天菜市。

每次去瞻仰米公，穿过巷子，顺带着就逛了这一长条的露天菜市。

有人杀鱼，满地血水和鱼鳞。刚惊诧渔事惨绝人寰，不想旁边的篮子里又堆着一撮小银鱼，可亲可爱的小银鱼。

高粱磨成的面，一袋袋装好，四块钱一小袋。瞻仰完米公，原路回去，我一般会买一小袋高粱面，回去搓成汤圆，沸水里撂进去，看它们煮漂起来，然后撒上几根老挂面，几小片青菜叶子……啊，好香！时代的列车黑烟滚滚向前，我这里，山清水秀，古风尚存，天天好日子。

若人真可以穿越，在时间的隧道里，像躲猫猫，自由翻转腾越，穿来穿去，直到妈妈喊我们回家吃饭，那么，米芾练完字、画完画，之后，也一定常来这露天菜市场。今天买几斤萝卜，明天买几个茄子，过过小日子，活色生香，有趣有趣。

有一年，去黄山。第一次去，不懂上山容易下山难的道理，结果上山坐缆车，下山自己爬下来，累得够呛。下山后，去泡了脚，也喝了茶，还不能解乏。晚饭还没开，大家就已乖乖在宾馆躺下。

我呢，不死心，一个人依旧跑出去，希望能找到一个菜市场看看，看看这个小城的厨房。

唉，女人就是志气短，哪里能贯长虹！像我这样，不是胭脂花粉，就是衣服鞋子，再想想，就是买菜了。每天都焦虑，今天买什么菜？如何出新？

所以，来到黄山，除了看看那"黄山归来不看岳"的黄山啊，松啊石啊，我还甜蜜蜜地想知道黄山的菜市场卖什么，本地人吃什么，哪些是我可以买回家的特产。

我就走啊走，沿街走，边走边问。从宽街走到细街，找到了，一阵狂喜。

在山脚下，是个露天菜市。

眼前，打扮素朴的山农，表情寂静。同样寂静的，是地上摊的和竹筐子里装的山货。

真是土生土长的菜市场。有笋，粗的笋像怀孕的女人，肚子大得衣服包不住。也有细笋，瘦细瘦细的，扎成把，好像赶着长个子的少年。还有石耳，长在石头上的木耳，好薄。还有蕨苔，也是扎成把——我先前买蕨苔都是在超市里，晒成干丝，黑黑的，哪里知道新鲜的蕨苔是这样水分饱满，青中泛紫！

最有趣是百合，我常吃百合，一直把它当药来吃。在黄山，从这些山民口中，才第一次知道百合是长在泥里的，可以清炒，也可以煲汤。真新鲜的百合啊，一瓣瓣围拢合抱，像重瓣的菊花，也像蒜。我拾起闻闻，泥土残存，一股泥土的清香和湿气缭绕。买啊，当然买。

走进这样一个原汁原味的露天菜市场，仿佛走进一个女子最清美的少女时光，滴着露水飘着栀子花香的少女时光。兀自莫名感动。

夕阳西下，夜色渐浓，那些山民起身收货，猴头菇、茶树菇、自家种的茶叶、晒的笋干……皆已所剩不多。他们挑着竹筐，安静地经过我身边，或者与我在逼仄的巷子里错身擦肩而过。我觉得，我闻到了这个小城所独有的香，私房菜秘不示人的香。

小镇的菜市场也有露天的一部分，赶的话，要起早。迟了就散了，就只能买菜贩子终年一色的大棚菜了。终于明白，这样的露天菜市场，这个"露"字，不仅有暴露于天底下的意思，还有露水的意思。像露水一样纯朴，也像露水一样短暂，太阳一出来，几下就照没了。

实在是，不以工厂化生产方式种菜的人太少。这些露天菜市里卖菜的人，连菜农都不是。他们就是老了，种几畦菜给自己吃，吃不完，扯来卖。一来，就被身怀买菜绝技的主妇们给抢掉。

端午节，我曾经在这样一个残存的露天菜市场里买过一把艾蒿。也是扎成一把，长长短短十来根，叶子上沾着露水。举起来，凑近鼻前闻一闻，深深地闻，好香，好香。

从这个露天菜市场里，我还买过马兰，是一个没事干的老婆婆亲手挑的，从田野上挑来的。冬天，还买过茨菇。茨菇身上的泥还没洗干净，就那么莽莽撞撞地上了菜市。可是，喜欢的就是它这残存的泥啊，这样真实清新，这样老实本分。买的时候，手指缝里嵌满黑泥的老伯告诉我，不仅可以红烧，还可以切成片，炖汤的！

出菜市，抬头看露天露地的阳光，啊……空气里已经飘满了茨菇的香。

喜欢露天菜市场，不仅爱那里藏有一个地方的私房菜，更爱它透出来的古风，透出来的本真。喜欢那里的泥土香，还有一种乡音的香。

久违了，那些去过的露天菜市场。

人以食分

物以类聚，人以群分。这"群"，是什么群？

许多时候，人以食物喜好来完成"结党成群"。

都是热爱吃海鲜的，见面话投机，几句话后，就一呼百应席卷海鲜城。大闸蟹人手一个，还要点水晶虾仁，烟熏三文鱼，酱蒸生蚝……还要一人一盏辽参汤。狂嚼猛咽之后，彼此交流心得，然后互传海鲜经，哪家哪家的汤汁调得柔情蜜意，哪家哪家的蒸鱼修得真果……酒后话别：同类啊！

都是忠心于火锅的，路见不平一声吼哇，该出手时就出手哇，嘿儿呀，咿儿呀，都是江湖中人。热气腾腾，酒光杯影，酸辛麻辣，都是这么血脉激荡地过来的。羊肉卷，毛肚，牛肉卷，鱼片，腊肉，香肠，鸭血，凤爪，香菜，海带，冻豆腐……一层红辣油，在配菜里波涛翻滚。吃得汗流直下三千尺，吃得嘴歪泪水也涟涟，要中途停下来歇口气吗？不不不！继续！继续！就要这样酷！流血流汗不收手不撤退，条条好汉！

这样的一群好汉，下次江湖上遇见，第一句就是：去哪吃？辣得够不够？过不过瘾？

在北京东四环那边，城乡接合部的位置，每到初夏黄昏，沿街一朵朵的啤酒夜食摊就悄悄盛开。在我所住的地方，出大门，便有一丛，五六张桌子，塑料的凳子，也有长条的木凳。那时，我们吃过晚饭，优哉游哉，出大院，站马路边看车流行人。于是，总有一瓣屁股最先凋落，落了那长凳上，然后纷纷扬扬，一瓣瓣屁股相继妥妥落在凳子上，围成一桌。我也落进了这样的花丛草丛里。开了啤酒，点了水煮毛豆，水煮花生，炒螺蛳……天下大同，一色的夜市酒桌上常见的吃食。

觥筹交错，谈谈人生。

可是，我竟就那样寡寡地坐着，好像一颗不发芽的坏种。

我最不爱吃水煮毛豆和水煮花生了。壳还在上面，好邋遢的样子。我不喜欢用纸杯喝啤酒或饮料，情分薄得似乎散场就彼此不认识。

他们殷勤地劝我，吃啊！吃啊！啊，毛豆荚上还有毛，盛在盘子里，好像没洗脚就爬上床的醉酒男人。剥啊，剥着吃啊。剥出来的豆子和花生，软塌塌，是熬夜太凶，翌日拖下床他还没睡醒的样子。炒螺蛳呢？啊，我也不爱吃。那么，喝杯啤酒吧！也不。也不。啤酒撑胃，长此以往，会大腹便便，成为女如来。我不要。

那……那……众人只好把举起的杯子转向了别人。

那……那……我只有溜之大吉。觉得自己像只杂毛犬身上唯一的一块黑点，不幸莽撞骚扰了那原本尊贵的一身纯白。有多遗憾！有多可恨。

身边新识的朋友，有的走着走着，就生疏起来。

几餐饭一吃，他们一个个就露出肉食动物的凶悍来。有时，在一起混，混到天黑。天黑去哪里？去吃烧烤啊！他们异口同声。

为了不暴露底细，我也假装爱吃烧烤，声声劝自己：冲吧！冲吧！可是，临到桌前，就变节。

他们点羊肉串，点骨肉相连，点整只的鹌鹑，点整条的鱼……服务员一串串烤熟，热气烘烘地送来，摆满方桌。我侧身偷眼瞟去，只觉尸横遍野。

我不大吃荤，尤其是烧烤摊的那些飞禽走兽。我勉强点了几样素菜。我知道，他们也断断不能理解我是个只吃素菜念念经的小白兔。他们会觉得我矫情，假装不凶悍，假装温柔到只吃草。

久了，人家就不带矫情的兔子玩了。兔子也玩不起了。每和食肉类朋友同吃烧烤，我总忧心如焚，担心自己的手爪子在某次伸向桌子中央提取食物后再不能回来，担心我的爪子会被他们顺道抓回去咯嘣吃掉。

肉食，草食，各归各位。

当食肉类朋友浩浩荡荡开去了火锅城时，我像是被秋风卷剩的一枚枯萎的叶子，伶仃悬挂枝头。我觉得我活得像个

遗物，我站在高枝上招魂，寻找我的同类，同样是一只一只
吃素菜念素经的兔子。

每跟一个新朋友结识，会跟她聊衣服，聊今冬的流行趋
势，还聊明星八卦新闻：王菲李亚鹏为什么会离婚？……

唉，这样漫长的铺垫打探之后，再决定话题能否转战到
食物上，这将决定他或她是不是我的同类。菠萝，龙眼，冰
镇西瓜，空心菜，南瓜头，菱角菜，啊，还有四五月刚上市
的藕茎……粉黛三千啊，个个都那么入我眼！可是，后面，
忽然冒出驴肉、牛肉……

啊，驴马铁蹄践踏心底……

世有食物，然后有同类知音。

人海之中，找到一个与自己同好某类食物的人，像寻找
另一个自己，好难，好远。

可是，到底还是能遇上一些流连于叶绿素的人。大家相
约，不吃海鲜，不吃牛马，咱们喝粥。南瓜粥，银耳粥，青
菜粥，红枣粥，八宝粥……也点点心，要素菜煎饺，要荠菜
包子，要韭菜馅的春卷，要还没有转世投胎成小鸡的茶叶
蛋。慢慢就积攒了这样一帮吃素菜的"兔子朋友"。

记得罗大佑好像曾说过，人老了，要积攒有老本、老
酒，还有老友。

人以食分，我在满桌佳肴背后，可否能找到一个爱着
素菜的你？我们一起退化，退化，以胃来确定你我的坐标
位置。

馄饨一样的小日子

馄饨单看有仙气，但其实它很民间，透着股小日子的舒缓与亲切。

吃馄饨，倒像是不为吃，不为果腹，单是为了消磨时间。那柔软轻盈的时间啊！

每天晚上，出门散步，总会路过一些小吃店，看一小圈一小圈的人影子，在朦胧夜色下，那是他们在消受着一小碗的馄饨。看着，就觉得他们是安逸而幸福的。路过，被感染着，也觉得自己小幸福着，幸福在浅浅的小日子里。无冻馁之患，无争斗之忧，三两个小友或家人，半围在小方桌上，白碗里升腾着蒙蒙白气，小白瓷的勺子在碗里荡起小桨。

有一年，新识一个女友，她有一种泼辣辣的热情，被传染着，我也热情起来。结果热情过了头，才处个两三回，我竟忽然动情到邀她一起去吃馄饨。话出口，心里就后悔，其实我们的友情还没有发展到可以一起去吃素淡的馄饨。

古人说，君子之交淡如水。我以为，到了如水的阶段，一定是剔除了逢迎、虚荣、显赫、巴结，剔除了一切俗世的

日暮苍山远 / 许冬林

混浊念头，到最后，只剩下水一般澄澈的两颗心，相互辉映。这样的君子之交，一定少不了岁月在其中充当催化剂。在如水之前，也许还曾有过奢华盛筵，有过美酒酽茶，到最后，淡泊了，从容了，如水了。

当友情蔓延到可以于一张小木桌上，共享两碗小馄饨的时候，那样的友情一定是温厚烂熟的了，烂熟在岁月里。苏东坡贬谪在黄州，写打油诗《猪肉颂》："净洗铛，少著水，柴头罨烟焰不起。待他自熟莫催他，火候足时他自美。黄州好猪肉，价贱如泥土。贵者不肯吃，贫者不解煮，早晨起来打两碗，饱得自家君莫管。"这样的东坡肉，其实是文火煨出来的。慢慢煨，不急也不催，肉的香和美会自己散发出来。东坡真是个会过小日子的人，而这样的小日子里，那些小场景小细节，无不透露着生活的智慧。世间人事莫不如此，在岁月变迁里，纯真的自会沉下去被留存，虚妄的终会浮上来被丢弃。

不论是朋友，还是情侣，当他们可以一起去吃一碗小馄饨时，我知道，这两个人，一定像两条铁轨穿越荒原，穿越绵延的时间，完成了完美的对接。不需要再用大餐讨好对方了，不需要再用华筵来显摆自己了，两个人，袒露给对方的是最真实最平民的一面：我们是小人物，我们过小日子，我们一起吃一碗养胃的小馄饨。

一直以为馄饨难包，所以给家人准备早餐或消夜，一直都是包饺子。包好放在冰箱里，冻得硬硬的，整整齐齐的，端出来像兵马俑一样巍然有兵气。上次去菜市场买饺子皮，顺路打听了馄饨的包法，竟比饺子还要容易。回来就包，包了几大碟子，看它们一片片挤挨在碟子里，像晓色下的白菊盛开，又像穿白裙子的女儿。那一个秋天的午后，没看书，也没写文字，就是包了几大碟子的馄饨，可是一样觉得时光曼妙令人可喜。

我喜欢的，其实还是这样烟火亲切的小日子，一粥一饭，自己料理。自己是自己的王后，也是自己的奴仆。

北京火车站的候车大厅楼上有馄饨卖，一次回家，晚饭就是在那里解决。点过，等待，然后见服务员端上来一个大碗，勺子一舀，呀，膘肥马壮的，好大的馄饨，简直是饺子。真是豪放派的馄饨，吃过，心里辽阔，仿佛一趟塞北之旅。但是，还是喜欢南方的小馄饨，有种不经意的轻灵。

抬头看戏，不如低头过好自己的小日子。闲暇时，给自己煮一碗小馄饨，就着暮色，暖暖吃下去。觉得这是正适合自己尺寸的小日子，是 S 码的，但是一样淡泊，笃定，从容，风雨不惊。

能过好小日子的人，是内心有格局的人。

后 记

常常会想起少女时候，想起我的那个风铃。

那时，每年残冬，我总喜欢在朝东南的那扇窗边挂一个风铃。风从田野上来，从江堤上来，从江水之上来，从东海之滨来，从遥远的东方来……最早抵达的那一缕春风，肯定会摇响我的风铃，用铃声喊我。"叮叮——叮，叮叮—— "不是张口大喊，而是细细的声音，带着后鼻音特有的幽眇深微。

风来喊我。我像是被遥远的世界喊了一回。

我似乎找到了自己存于世间的某个理由和意义。生命里一定有可期待的一些内容。

后来，爱上阅读，每每打开一本书，一页页翻去，像是在时间的村庄里，拜访一个个各有秉性的邻居。阅读便是，不用敲门，不用寒暄，直接面晤那些美丽的灵魂。一册在枕畔，不相语而心意通，如此度着小镇的光阴，便觉那光阴也是散着香气的。

多年之后，在省城合肥，最寂寥失落的时候，我便打开唐诗和宋词。一个人，在临近马路边的房子里，放声来读，似乎这样的阅读可以抵抗这世界庞大的喧嚣与浮躁，可以抵抗我忽然到访的虚无感。即便是少年时不大喜欢的杜甫，如今读来，竟也有如父如兄的亲切。

放眼远望，不论人世如何空旷，想到这世间有李白、杜甫、韦应物，有苏东坡、李清照、辛弃疾，有画画的板桥、金农、青藤……有如许之多的美好之人，在时间的长河里，陪自己，便觉得光阴有靠，尘世安稳。

去年冬天，我又买了一个铜质风铃，早春时，挂在窗边。风起时，铃声清越，像是月下的溪水与岩石相碰，声音细细从山谷传到远方……

是为后记。

许冬林
庚子深秋于古庐州逍遥津畔